BATALHA NO VALE DO SOL

Mari Mendes

BATALHA NO VALE DO SOL

1ª edição

EXPRESSÃO POPULAR

São Paulo – 2023

Produção editorial: Lia Urbini
Preparação: Cecília Luedemann
Revisão: Lia Urbini e Miguel Yoshida
Projeto gráfico e diagramação: Zap Design
Capa: Rafael Stédile
Impressão e acabamento:

Dados Internacionais de Catalogação-na-Publicação (CIP)

M538b Mendes, Mari
Batalha no Vale do Sol / Mari Mendes ; revisão [de] Lia Urbini. -- 1.ed. – São Paulo : Expressão Popular, 2023.
168 p. – (Literatura).

ISBN 978-65-5891-094-7

1. Literatura brasileira. 2. Literatura brasileira – Ficção. I. Urbini, Lia. II. Título. II. Série.

CDU869(81)-3

Elaborada pela bibliotecária: Eliane M. S. Jovanovich - CRB 9/1250

1ª edição: março de 2023

EDITORA EXPRESSÃO POPULAR
Alameda Nothmann, 806-816, salas 6 e 8
CEP: 01216-001 – São Paulo – SP
livraria@expressaopopular.com.br
www.expressaopopular.com.br
ed.expressaopopular
editoraexpressaopopular

Sumário

LIVRO DE MADALIRA

Das condições de Eva da família ... 13
De Vó Obeá e o ramo de arruda ... 19
Da menina noiva ... 23
Do predador ... 33
Do arrebento no peito ... 39
Da mulher do fim dos tempos ... 49

LIVRO DO LEVITA

Da Aparição do Levita ... 57
De quando Saimon decidiu calar ... 63
Do retorno ao Vale do Sol ... 69
De quando Saimon se foi ao céu ... 75

LIVRO DO VALE DO SOL

Da paixão e da fé ... 91
Da massa falida ... 101
Da desobediência ... 117
Das brechas ... 129
Da faca amolada ... 143
Da luz do outro dia ... 151

Para Joana, Marcos Dimas e Alex.

Para todas as pessoas que lutam pelo
direito à moradia no Brasil.

“Luta é a ação do desejo que nos politiza. Luta é o nome próprio da ação política, ela mesma uma ação poética, no sentido de criação de uma obra. Ao mesmo tempo, o termo luta está no mundo da vida”.

Marcia Tiburi

LIVRO DE MADALIRA

Das condições de Eva da família

Uma das minhas lembranças de infância é a fralda de pano amarelada. Lembro de achar graça no cocô de bebê pequeno não ter cheiro. Na hora de vestir a fralda limpa em Joabe, espetei a pele macia, como se fosse sem querer. Aí veio o choro rouco. Fiz carinho em seu corpinho e entreguei pra nossa mãe.

Não fazia isso com muita frequência no começo. Foi aumentando. Uma forma de dizer as coisas, uma comunicação aprendida, sabe?

Uma forma de vingança, acho.

Sou fruto de um erro. Meu nome e minha pessoa.

Minha mãe, Maria, diz que foi besteira de João, meu pai. Erro de cartório. Nunca soube com precisão de onde veio esse nome. Mas, mesmo sem decisão minha, esse defeito foi se tornando parte de mim.

Meu pai era pedreiro e pingaiada. Colocado pra fora de casa há anos. A fé e o fim da paciência de minha mãe fincaram um ponto final no casamento. Ele sumiu depois. Alguns dizem que é indigente por aí. Ou morreu.

Ainda pequena eu tinha mania de ficar matutando. Minha mãe precisava me chamar pelo menos três vezes para eu dar conta. Nessas viagens via dentro da cabeça, como um filme, a volta daquele homem ressecado, cheio de arestas. Passava horas criando outra vida, onde meu pai aparecia um dia no portão, forte e sereno, sem cheiro de cachaça nem olhos nublados. Apenas sábio e firme, com jeito macio, me carregando pra longe.

Apesar de sonhar com fé e afinco, a ida do meu pai na verdade foi sucedida pela chegada de José. Irmão da Igreja, batizado e seguidor da palavra, esse sim era trabalhador e direito. Tinha lá dois cômodos só no tijolo e contrapiso em um terreno loteado. Homem bom.

Operário do terceiro turno, vivia a vida pelos avessos. Quando todos descansavam, trabalhava, e quando se fazia todo o tipo de barulho, tentava descansar. Talvez daí viesse a cara amarrada; vivendo assim pelos contrários, não é possível ser pessoa amável.

Minha mãe se tornou uma varoa cristã, das mais engajadas. Dava testemunho nos cultos quando vencia os demônios de sua vida doméstica. Viver o tempo todo dentro de casa, preocupada com a limpeza, organização do lar e os assuntos da igreja são sua forma de ser feliz.

Tiveram um filho, Joabe, a quem envolveram com todo o tipo de louvor. Se eu tinha a marca do Inimigo, Joabe era fruto de uma relação virtuosa, mensageiro de Deus e portador da boa-venturança. Sete anos de diferença entre a gente e, por isso, com essa idade mesmo, aprendi a cuidar de bebê, escolher e cozinhar feijão e ainda lavar fraldas, colocando as pecinhas pra secar no varal.

Se o amor se percebe pelos detalhes, a ausência dele se nota da mesma maneira.

Criança é um bicho sensível. Não gosto de falar disso, mas quem tem irmão homem sabe. Você não é preferida, você fica com as tarefas, você tá errada. Te falta liberdade e sobra regra. Uma bosta.

No início até aceitei esse lugar de Eva na família. Julgada por meus próprios erros e, principalmente, pelo dos outros, fui amargando revolta.

Quando imaginar a fuga com meu pai se tornou história gasta e meio dolorida, passei a maquinar planos de vingança. Nada elaborado demais. Colocava umas gotas de limão pra azedar o leite na mamadeira de Joabe. Espetava com o alfinete...

Na hora de cumprir uma tarefa mais difícil, fingia incapacidade. Dava gosto de ver minha mãe se importunar com todas as perguntas bestas. Ela pedia algo, um balde ali perto, e eu respondia olhando para o lado oposto de onde sabia que ele estava. Balde? Onde, mãe?

Ela perdia a paciência rápido. Não era pavio curto, pra mim não tinha pavio, entende?

Ali, atrás de você, criatura de Deus!

E eu ia pro outro lado, fazendo a mais perfeita cara de perdida na vida.

Misericórdia! Menina lesada.

Ela falava coisas assim o tempo todo, foi acostumando a comentar a burrice da filha. Ao mesmo tempo, fui me tornando o que fingia ser só para atazanar minha mãe. Tinha surto de idiotice, presa naquela personagem. Errada, provação de Deus na vida de Maria. Burra. E feia.

Puxei a pele clara de minha mãe. Do meu pai veio o cabelo difícil de pentear. Não era liso feito a moda pedia, não escorria pelos ombros. Ele cresce em área, tomando volume. Mesmo penteando, não assentava. Hoje você encontra os cuidados na internet. Naquela época não.

Ter cabelo crespo não era... possível, não existia como, sabe? Acabo levando ele preso em um coque.

O lazer de meu irmão era atormentar minha vida. Enquanto eu dividia o tempo entre as tarefas da casa e as vinganças. E aí a gente foi vivendo daquele jeito.

Em uma tarde fresca de maio, peguei meus ingredientes na calçada do vizinho e preparei uma papinha de folha seca de árvore com pedra e areia. Sentada no quintal, falava com a boneca, imaginando um bebê dócil de cuidar. Aí, primeiro ouvi o barulho, mas não entendi. Só depois senti um líquido respingar no meu braço. A urina despencando sobre a cabeça do meu neném de pano. Joabe estava de pé em cima da mureta da varanda, a camiseta levantada, a barriga e o pinto de fora.

Peguei a boneca pelo bracinho, joguei dentro do tanque, abri a torneira e vi a água fria cair. Esfreguei com o sabão em pedra cada pedaço do corpinho mole. Tive cuidado para não apagar o desenho do rostinho feliz. Lembro de espremer até ficar menos encharcado. E então pendurei no varal. Falei nada.

Ignorei sua folia. Vasculhei a casa e encontrei o caminhão de madeira preferido dele. Coloquei no quintal, joguei óleo de cozinha e taquei fogo. Valeu a pena ver o malvado chorando de soluçar, apesar da surra de José. Ele acordou com os gritos de minha mãe, transtornada.

Você não cansa de atazanar seu irmão, peste? Eu não aguento mais você, menina. Vontade de arrebentar sua cara.

Deus que me perdoe, dizia ela, ora berrando, ora entre os dentes.

Ele tem só sete anos, é um bebê. Por que você não cuidou das suas coisas? Menino apronta mesmo. Não precisava estragar o brinquedo. Quero ver a cara do irmão Zaqueu quando souber do que você fez com o caminhão que ele deu pro Joabe... Você é igualzinha a sua vó mesmo. Senhor, tem misericórdia!

Fui pra cama e fiquei lá até amanhecer. No dia seguinte, em vez de anotar a matéria na escola, comecei a listar os lugares pra trabalhar. Eu era menina ainda, mas já sabia me virar, ainda mais se não fingisse leseira.

De Vó Obeá e o ramo de arruda

Nunca fui de amizade com as meninas, elas eram, sei lá. Metidas. Tinha um colega na minha turma da escola, um menino bom, eu podia desabafar de qualquer coisa com ele, o Alessandro. Ele era *nerd*, tava animado com os planos de estudo. Dizia que ia prestar vestibular, queria passar na USP.

Você vai ser doutor? perguntava pra ele, meio rindo, parecia algo tão fora da realidade.

Ele queria estudar junto comigo, tinha um cronograma e não sei o quê. Queria pedir pra minha mãe. Lembro da gente sentado num banco de concreto no pátio, eu com cólica e ele mostrando o calendário de estudo. Eu só queria sair de casa, ter meu próprio canto, mandar na minha vida.

Mas você pode fazer isso estudando na faculdade.

Faculdade era uma realidade outra. De outros.

Vó Obeá morava numa casa pequena com portão baixo, espada-de-são-jorge e comigo-ninguém-pode na entrada. Na estante da sala, um aquário no lugar da TV e um porta-retrato antigo com as fotos dos pais dela na parede. E sempre tinha gente por lá.

Naquela época eu já sofria com muita cólica, vinha muito, sabe? Um caroço surgiu aqui entre meus seios quase junto da primeira menstruação. Não era dolorido, só incomodava, parecia errado. Eu tinha medo de estar doente, de morrer. Manter segredo era uma forma de simplificar as coisas.

Ir na casa da Vó Obeá era bom, ela me servia chá e me ouvia. Eu ia muito lá naquela época. Ajudava a melhorar.

Ela ficava em frente ao fogão. Enquanto o vapor de chá subia, rezava com a voz baixa. Palavras sussurradas se misturavam. Uma forma de canto. Se eu chegasse no meio da reza, ela abria um olho em direção a mim, mais ou menos assim. O outro permanecia fechado, como se ainda em reza.

Eu costumava passar a mão pelos cabelos espetados da minha Vó Obeá, mesmo que ela não ligasse pra bagunça deles. Eu ligava.

Eu ligava ela ao mundo. Quando nasci, ela já estava de saída, no final da jornada. Contornava seu corpo grande com meus braços de menina, sentia a arruda: o cheiro da Vó Obeá.

Vira e mexe ela enroscava um ramo na minha orelha. Eu fazia Bença, Vó, e ela Deus te crie, dê fé e vergonha.

Numa tarde de mormaço, ela disse assim Vá na sala e chame pelo Rafael. Obedeci. O rapaz magro entrou na cozinha e sentou enquanto a Vó Obeá apoiava a chaleira fumegante sobre um descanso de mesa. Ela despejou o chá em uma bacia de alumínio. Respira fundo, isso. Abre as narinas e repete a reza comigo.

Tinha vez que ela ouvia a pessoa falar por um tempo. Tinha outras que ela nem recebia a pessoa, só mandava o bilhete com a receita. Ela gostava de escrever num caderninho de espiral e cantar. E falava de um jeito, a gente entendia pelo viés, sem ser ao pé da letra, sabe? Sempre um som, uma reza, um murmurar ou um canto.

Benzedeira não é ofício de silêncio.

Queria ter ficado mais tempo com ela. Mas minha mãe foi me buscar, eu não queria mais voltar pra casa. Queria ficar com Vó Obeá. Lá eu ajudava, sim, mas não lavava o banheiro e nem passava a roupa antes de o meu padrasto sair para o trabalho. José detestava banheiro sujo. Na Vó não precisava fazer tanta coisa, podia só ficar sentada olhando o pé de arruda se quisesse. Só relaxando. Quando minha mãe se converteu, se afastou da Vó. Não me deixou ficar com ela. Foi lá me buscar.

Na última vez que eu vi minha vó Obeá, ela me ofereceu uma muda de arruda num vasinho. Achei melhor não, se não cuidasse podia morrer.

Você vai aprender a cuidar da arruda, uma hora ou outra, minha filha. Mas é melhor evitar intriga com Maria, ela ia ficar tiririca da vida. Vamo tomar um café? Tem bolo de mandioca.

Naquele dia abafado senti o caroço entre os seios latejar. Pedi Vó, me empresta um dinheiro pra eu imprimir um trabalho da escola? Era pros currículos.

Da menina noiva

Eu ia lá pra cantar. E pra beber também.

O copo americano suado, as bolhas subindo. Um velho me dava cerveja, ele tinha uma cara vermelha, a barba parecia mais branca espetada naquela cara. A pele do pescoço dele feito a crista de um galo, era grossa, a mão subindo pelas minhas pernas.

Boa noite, bicha linda. Uma bicha linda dessa, você é cheirosa, deixa eu ver que você é cheirosa? Toma essa cerveja aqui, bicha linda.

Eu afastava ele com a mão e tomava a cerveja. Era cachorro que muito ladra, sei lá. O Seu Hélio, dono do bar, vivia dizendo Tome tento, velho safado. E pra mim ralhava Vá pra casa, rapariga. Tá querendo teu pai lhe pegando pelos cabelos de novo? Uma vez José fez isso mesmo.

Eu não ligava. Arrotava e dizia Ele não é meu pai.

Tinha uma televisão daquelas de tubo, vinte e nove polegadas, com *karaokê*. Seu Hélio me deixava cantar. Então eu ficava lá, cantando. As músicas da Clara Nunes faziam lembrar a vó Obeá. Ela já tinha morrido fazia uns meses. Terminei uma música e fui beber a cerveja dada pelo seu Getúlio. Cheguei no balcão e dei de cara com ele.

Valdinei.

Me olhando de um jeito. Ele era assim forte, as mangas da camisa apertada nos braços cabeludos. Usava um perfume amadeirado e tinha um cheiro misturado nele, uma coisa diferente, sei lá. Não sabia o que era, naquele primeiro dia. Voz bonita, ele disse. E era mesmo. Eu cantava desde pequena na igreja, eu sabia cantar. Ainda canto.

De manhã ia pra escola normal, com ressaca, dor de cabeça. No dia seguinte que eu conheci o Valdinei foi tenso. Tava estragada demais e, pra ajudar, o Alê não tinha ido pra aula. Eu coloquei a blusa em cima da carteira e dormi em todas as aulas.

Acordei com a professora cutucando minha costela com a caneta. Queria conversar, meu rendimento tinha caído depois da morte de Vó Obeá. Minha Vó era conhecida na vila, ela cuidava das pessoas. Lá eu não era Madalira, era neta de Obeá. Aí, a professora Eu já passei por isso, sei como é.

Você não sabe de nada.

E ia zarpar da sala, tava quase saindo. Mas ela me chamou de volta, eu tinha esquecido a blusa.

Uma carreira de formiga desfilava na porta da sala, na frente do meu pé. A professora falou Elas não decidem, elas só jogam o jogo, não sabem mudar as regras. Você é diferente. Você pode decidir, não precisa só se adaptar, você pode reagir, mudar as coisas. Você pode criar algo novo, fugir do padrão.

Porque já teve minha idade, sabia da dificuldade, e tal. Ah, eu respondi. Eu não sou que nem você, dona. E eu não era mesmo. Nunca ia ter tempo igual o Alê pra seguir cronograma, pra vestibular, pra ficar escrevendo redação. Essas coisas não eram pra mim mesmo. Não era. Eu era errada demais, tinha o nome, tinha a pessoa errada aqui por dentro. Eu achava isso. E fiz isso comigo também.

Meus dias eram assim: de manhã escola, a tarde trabalhava no mercado. Quer dizer, colocava as compras nas sacolas. À noite ia pro bar, cantava, às vezes encontrava com Valdinei. Era bom, ele me tratava bem, era gentil com meu corpo.

Ele se relacionava com meu corpo, não comigo. Isso eu fui dar conta só depois. E aí já tava o leite derramado, né. Não adiantava mais. Às vezes, ele ia no mercado comprar qualquer coisa, ainda com o macacão da oficina. Aquele cheiro de oficina. Na pele dele, nas mãos, nos cabelos.

Sentia sua presença no mercado pelo cheiro. O carocinho entre meus seios entumecia feito os mamilos, tudo ficava contraído na presença do Valdinei. Tipo, quando eu ia na igreja, vestida de saia e com o cabelo molhado solto em volume, eu ouvia o pastor sem registrar a palavra. A realidade era meio escorregadia, eu lembrava do cheiro de Valdinei. Ele via beleza em mim e me desejava. Minha mãe dava um puxão para avisar o momento de dobrar o joelho. Eu pedia por ele.

Confirma, Senhor, que é ele o homem da minha vida, eu pedia, cheia de emoção. Em meio ao som dos hinos, eu via Valdinei no lugar do pastor, e no corredor, perto do microfone do testemunho.

Ele era meu refúgio e minha fortaleza. Eu me via pela ótica dele e parecia perfeita daquele jeito que eu era.

Cantava alto na igreja.

Gozava alto com Valdinei.

Logo os comentários sobre nossa amizade chegaram na minha mãe. Ela me colocou na parede, assumi. E veio castigo. Aí eu pulei muro, escapei de noite, menti.

Joabe ria da minha cara, pegava meus cadernos da escola e rasgava as folhas. Ele pegou uma poesia minha e leu em voz alta. Ele nem sabia ler direito. Eu batia nele, respondia minha mãe com ignorância e trancava a porta do quarto pro meu padrasto não entrar, furioso.

Vagabunda! O inimigo tá te levando pro mundo.

O que havia de pior já estava feito: se me condenavam por comer o fruto proibido, fazia diferença deitar ou não na cama e sentir o prazer do pecado?

Além do mais, Valdinei era minha chance de sair daquela casa.

Quando José colocou o arame farpado no muro, fiquei um tempo sem sair. Eles tiraram a chave de mim e eu não podia mais fugir à noite.

Os dias ficaram longos, minha mãe me enchia de serviço e eu ia no culto junto com eles. Ia de calça mesmo, toda marrenta, não falava com ninguém quase. Eles só falavam de igreja, as irmãzinhas, todo mundo. Só disso, mas assim, de uma certa maneira, muitas coisas não eram ditas, entendeu?

Tinha uma tentativa de cuidar, era uma comunidade cercando a gente. Mas daquele jeito. A gente te ajuda se você agir da forma que a gente quer. Eu era um peixe fora d'água ali no meio daquelas pessoas, mas Deus pra mim ia além.

Nunca deixei de ter fé.

Cheguei do mercado e o portão tava aberto. Imaginei alguma coisa, uma tragédia. Entrei na cozinha, acendi a luz e tava todo mundo lá. Festa surpresa. Os irmãos da igreja, até o Alê chamaram.

Tinha bala de coco, bolo com recheio de abacaxi e cobertura de glacê. Tudo rosa. Era minha festa de quinze anos. Agora eu era uma moça. Comi tranquilo uns três pedaços do bolo, mas foi pôr uma balinha de coco na boca pra passar mal na hora. Botei pra fora.

Ali eu já sabia: tava grávida.

O casamento aconteceu na surdina, mas a notícia correu a congregação. E, com escândalo e tudo, foram chegando as doações: roupa de cama, panela de pressão, pote de plástico, fralda, manta e roupa de bebê. Um monte de coisa. Escolhi o nome Miguel pro meu filho.

Valdinei aceitou as condições de José. Pra ele era ótimo ter alguém pra limpar e cozinhar. Ficou combinado, quando eu completasse dezesseis, eles fariam os papéis de emancipação pra registrar a união em cartório, conforme a lei.

Deixei a escola e comecei a cuidar da casa e da vinda de meu filho. Fazia pouco tempo eu brincava de boneca e agora cuidaria de um bebê de verdade. Dessa vez Joabe não mexe com ele.

Eu tava aliviada: tinha casa e mais liberdade. Sem escola, minha vida caminhava pra um destino conhecido: o de minha mãe. A Vó Obeá era diferente, eu admirava, mas ainda não via ela em mim. Mas ser igual minha mãe, isso não me agradava, nada me colocando em pé de igualdade com minha mãe me agradava, e a vida com Valdinei era uma possibilidade de sair de casa, daquele lugar onde lidava com o desprezo o tempo todo.

Pelo menos meu marido me tratava bem, me desejava, me fazia sentir querida. No mais, quais eram as opções pra mim? As mulheres do meu bairro viviam assim.

Tinham as professoras da escola, elas pareciam independentes, e, ao mesmo tempo, distantes. Tinha o Alê também, mas ele era apoiado pelos pais, tinha tempo, não fazia nada de serviço de casa. Essa vida cabia a mim, eu acreditava nisso. No máximo, trabalharia fora para ajudar nas contas.

A barriga crescia e meu corpo ficava grande. O caroço entre os seios ficou pontudo, eu pensei ser um furúnculo, algo assim. Não mostrei pro médico do posto. Fiz disso segredo.

E dia após dia, Valdinei se afastava. Medo, talvez, de machucar o bebê. Uma noite ele não voltou pra casa. Fiquei sentada na mesa redonda da cozinha, os braços apoiados na pedra fria de granito. Levantava só para beber água e fazer xixi, a mesa rangia, capenga. Abaixei pra ver, dei a volta mexendo com ela, tentando aprumar. Era o chão desnivelado ou a mesa tava torta, não sei. Rodeava, mexia de um lado e de outro e no fim a mesa nem tinha lado. Fiquei um tempo nessa, até ser pega pela areia nos olhos. Fui dormir às quatro, logo depois de colocar uma folha de caderno dobradinha pra escorar um dos pés. Nela, escrevi uma oração.

Senhor, quero ser feliz agora. Afasta todo mal de minha vida. Derrama teu amor sobre mim. Amém.

Nem vi ele chegar, acordei com a porta batendo, tava indo de volta pro trabalho. Peguei as roupas largadas no chão do banheiro e cheirei. Senti o perfume, a graxa e a cachaça. Miguel chutou bastante naquele dia.

Eu queria conversar e Valdinei era calado. Engraçado, antes a gente conversava, era bom falar com ele, fazia bem. Ele me elogiava, falava do que era bonito em mim. Coisas sobre meu corpo. Desde o começo ele quase não falava de outra coisa, queria sempre dar um jeito de se encontrar pra transar. Ele olhava mais pros meus peitos que pra minha cara, entende?

Agora eu barriguda, não despertava interesse. Tava cancelada, como a TV desligada, sem entretenimento para oferecer. Aos poucos fui deixando de me ver no espelho também. Fui me desligando, adiando olhar pra minha vida.

Dobrava as roupas passadas a ferro no armário. Pendurava as camisas limpas. Elas ainda tinham o perfume dele e aquele fedor de tíner. A pele impregnada, os cabelos.

Passei mal a gravidez toda. Quando não vomitava, tinha azia. Em algum lugar dentro de mim ia guardando uma coisa. Mas, por fora, lidava apenas com a vinda de Miguel.

Percebi a primeira contração forte no fim da tarde, enquanto lavava o quintal. Acordei disposta. Terminei o serviço, só parava pra respirar um pouco quando a dor vinha mais puxada. Casa limpa, tomei um banho e peguei a bolsa da maternidade. Mandei avisar Valdinei e fui pro ponto de ônibus.

Dei entrada na maternidade, recebi soro na veia e as contrações ficaram piores. A barriga feito pedra, não tinha descanso entre as dores. Já não me aguentava, o corpo se agitava. Uma hora eu levantei e carreguei o suporte de soro pra lá e pra cá. A enfermeira não fez caso.

Andei por um tempo infinito por aqueles corredores. A luz deixava o lugar claro demais. Andava e parava, andava e parava, cada vez mais encurvada, até me agachar no corredor. Aí uma mulher reparou em mim e chamou uma enfermeira. Elas me levaram e me colocaram numa maca. Engancharam meus pés num suporte frio de metal. Eu fiquei lá. Aberta e meio solta.

Aquela posição incomodava. Eu preferia agachar, mas não dava. Então fazia força, agarrava no lençol e fazia força. Era preciso fazer nascer.

A gente fica profunda no parto. Mergulha num poço fundo e fica ali, longe. Ouvia vozes, gritos ao longe, alguém reclamando dos gritos, alguém mandando fazer força. Eu não entendia, pra mim não tinha grito, era manifestação do meu corpo, minha mente misturada com meu corpo e não no controle dele. É confuso, difícil explicar. Só senti uma dor, mas uma dor forte mesmo, junto com o aviso do médico Só um pique, a voz lá longe. E aí uma bola de fogo saiu de mim.

Eu tinha parido o Sol.

E em seguida veio uma sensação horrível. Achei que tinha cagado na frente de todo mundo. É perto, parece sair do mesmo lugar. Vou te contar, quem pariu sabe. E foi isso, tinha nascido meu filho.

Me deixaram ver Miguel um pouco e logo levaram pra fazer umas coisas. Procedimento padrão. O médico falou que ia me deixar fechadinha de novo com o ponto lá. Nem dei fé do corte feito pro meu filho sair. Na hora pensei: rasgou.

A gente fica mesmo bagunçada.

E, pra ajudar, a anestesia não fez efeito, então gritei e reclamei na hora da sutura e as enfermeiras zoaram comigo Na hora de fazer tava gostoso.

Se fosse ruim, a gente nem tava aqui, pra começo de conversa.

Aí devolveram Miguel e eu finalmente segurei ele. Jesus, eu tava acabada. E feliz. Não sei se feliz é a palavra certa, às vezes falta palavra.

Aliviada talvez.

Contente.

Orgulhosa.

Minha mãe apareceu junto com José e Valdinei. Os homens ficaram pouco tempo e minha mãe tentou ajudar na pega, pra amamentar certinho. Eu fiquei desajeitada, sem posição boa pra aquilo. Miguel tava disposto, tocava a sugar o que aparecia por perto, um toque na bochecha e ele se virava com o biquinho em busca de peito. Uma das enfermeiras orientou com calma e consegui dar o encaixe. Senti o líquido descendo com umas fisgadas.

A sensação era boa, de calmaria.

Tá aí.

Calmaria é uma palavra boa.

Do predador

Já era cedo e Valdinei saiu para trabalhar. Minha mãe trocou a fralda de Miguel e se despediu. Tava arrecadando roupa pra obra da piedade, uma campanha da igreja. Ela fechou a porta e o som me tirou do amortecimento.

Era meu primeiro dia de mãe na real. Eu tinha, de fato, um ser dependendo de mim e crescendo fora do meu corpo.

Não era capaz de dar todo o cuidado necessário pro Miguel. Era um ser humano, poxa, eu era só uma, uma cruz, não era? Onde eu tava com a cabeça? Ouvi o murmurar dele. Abriu os olhinhos e ficou vesgo por alguns segundos: como não querer dar a vida pela dele? Seria forte. Combinei comigo mesma que daria um jeito, seria uma boa mãe, não descontaria nele, não repetiria as crueldades de minha mãe.

Senti tanto cansaço, lembro de estranhar aquele peso todo na alma. Dava de mamar pra ele e daqui a pouco já estava na hora de novo. Aí deitei ele do meu lado, levantar com aqueles pontos era osso. Fiquei mal naqueles dias. Minha mãe tava certa, eu não servia pra nada, nem levantar para cuidar de Miguel eu queria!

Eu chorava, parecia que alguém tinha morrido. Dava o peito pro Miguel. Nesses momentos conseguia distrair um pouco, mesmo com a pega não tão certinha quanto a enfermeira ensinou no hospital. Essa não tava na hora do parto. Ela parecia boa.

Quando era pequena, pedia pra Deus transformar minha mãe em outra pessoa. Às vezes, pedia uma professora da escola, outras vezes queria uma vizinha.

Cheguei também a querer ser filha da Vó Obeá.

A coisa mais linda desse mundo é um recém-nascido. Ele parece saber de tudo. Pudesse falar, diria a verdade do mundo inteirinho, parece mesmo saber, só falta o controle do corpo. Um alienígena.

De repente, ouvi o som da porta se abrindo e por isso me dei conta: dormimos os dois. Miguel também tava cansado. Então, Valdinei entrou, deu uma olhada no quarto e saiu de novo. Não deu um pio. Nem perguntou das primeiras horas, não quis saber se a gente estava bem. Não pegou Miguel no colo.

Eu tava com fome. Levantei pra ver a geladeira, requentei arroz, feijão e carne de panela. Miguel chorou, corri pra pegar. Dei de mamar com ele em um braço enquanto comia com o outro.

De madrugada resolvi tomar um banho, mas precisei sair no meio pra dar conta de Miguel pedindo o leite pela única língua sabida por ele: o grito. Troquei a fralda e o cocô amarelo sem cheiro me lembrou Joabe.

Naquela noite Valdinei não voltou pra casa.

Os dias foram passando, Valdinei aparecia de vez em quando pra tomar banho e trocar de roupa. Conforme eu ia me recuperando, questionava Onde dormiu? E esse cheiro de cachaça? Minha mãe também apareceu algumas vezes, junto com uma ou outra irmã da igreja.

Quando completou oito dias do nascimento de Miguel, Valdinei apareceu em casa, pediu comida e reclamou melhor tratamento pra roupa. Ele tava cansado daquela situação.

Vê se pode! Eu fazia o que dava, tava me recuperando dos pontos, mas ainda não estava cem por cento. Além do mais, ele devia explicar onde andava dormindo essas noites todas.

Ele saiu. Ouvi os pneus do carro cantando na rua. Sentei na mesa da cozinha e passei a mão pelos cabelos. Tirei o elástico, eles caíram desengonçados pelas minhas costas.

O corpo sujo. Não. Desamparado.

Miguel chorou e corri pra dar de mamar. O seio machucado, em carne viva. E não tinha o que fazer, a não ser esperar.

Valdinei voltava no meio da madrugada e eu percebia pelo cheiro. Já fazia um mês de Miguel nascido e eu só não estava mais cansada porque dei meu jeito pra seguir a rotina de amamentação.

Uma madrugada ele deitou na cama, sem nem tomar banho, e me puxou pra perto. Afastei seu braço, mas ele era forte. Ele insistiu, me puxou de novo e foi tirando minha calça. Eu esperneei.

E então veio o soco.

Pegou meio de lado. Atordoei, nem senti direito, não na hora, porque Miguel começou a chorar. Meu peito já tava dolorido, cheio de leite, o caroço latejava. Aí consegui levantar para dar de mamar pro Miguel na cozinha. Valdinei foi tomar banho. Dar de mamar acalma, ainda bem, porque eu tremia.

Até os pontos lá de baixo abriram.

No dia seguinte, recebi meu marido com a casa nos trinques. Fiz correndo, mas fiz. Ele voltou diferente, trouxe *pizza* e chocolate, chegou a pedir desculpa. Contou uns causos da oficina, aquelas histórias dele, onde tá todo mundo errado e ele é o maioral.

A gente tava tão alegre, até fingimos que não passei maquiagem pra disfarçar o roxo.

Uns dias depois fui na minha mãe e contei Valdinei me bateu. Daí ela perguntou Oxi, mas o que você fez pra ele? Nada, respondi, e contei pra ela o acontecido. Então ela me chamou pra ir na igreja.

A igreja era território perigoso. Ou fingia ser o que não era para me misturar, ou me mantinha fiel a quem eu era: uma segregada, em plena congregação.

Às vezes eu achava ser assim mesmo, tava todo mundo fingindo e, de tanto fingir, uma hora você virava aquilo. Mas não é assim. Você finge e finge e um belo dia aparece a montoeira escondida.

Mesmo assim, durante o culto, na hora da música ou quando a palavra se revelava, Deus se aproximava. Era um refrigério, um acolhimento. A igreja era falha, sim, mas Deus era soberano, sabia das coisas.

Resolvi ir com minha mãe, mais para ouvir a confirmação de uma ideia que já me vinha na cabeça do que pra me sentir parte da comunidade. A pregação foi sobre o mar vermelho. Algo sobre confiar em Deus mesmo quando tá tudo lascado. Na saída, aproveitei pra pedir conselho do pastor.

Você ama esse homem?

Não respondi.

Deus usa da gente pra fazer a sua obra. Valdinei vai mudar, Deus vai mudar ele e você vai fazer essa mudança.

Na hora concordei. Mudança não é algo a se fazer pelos outros. Mas naquela época ainda não sabia disso.

Chegamos em casa e nada do Valdinei aparecer. Fomos dormir e ele deu as caras de madrugada. Tava bêbado e puto.

Tá de graça com o pastor, agora?

O bicho tava desgraçado de ciúme. Pegou pelo meu cabelo e dava comigo na parede. Chutou, socou. Miguel se esgoelando e eu no chão. O leite escorrendo pelo bico do meu peito.

Quando ele terminou, fiquei na minha. Calada, nem movia o corpo. O caroço entre meus seios quase pulava pra fora, tão inchado e dolorido. Esperei ele dormir.

Mal dei fé do sono pesado de Valdinei, meti umas roupas na bolsa do Miguel e saí pelo meio da rua no frio da madrugada. Eu corria. O dia estava raiando e o único lugar seguro pra mim era a casa de minha mãe. Lá ele não teria coragem de entrar.

Quando virei na rua da minha mãe, ouvi um som de carro, parecia o Tempra do Valdinei. Gelei na hora. Corri por detrás de um contêiner de entulho. Agachei, apoiei as costas no metal frio e meio molhado de sereno e esperei o carro passar. Dei o peito a Miguel, pro caso de ele fazer barulho.

Logo criei coragem pra sair de lá e dei de cara com um senhor com uma sacola de pão. A cara dele. Eu tava arrebentada mesmo, até assustei o velho.

Chamei no portão da minha mãe, eu gritava. Sentia ele logo ali, surgindo a qualquer momento pra me pegar e me bater, até me matar. Minha mãe tava lenta de sono, nem viu minha cara direito. Eu falei pra ela trancar o portão logo Ele tá vindo, ele tá vindo.

Dentro da casa tava quente e quieto. Era quase hora do meu padrasto chegar, então minha mãe preparava algo pra ele beliscar antes de deitar. Meu irmão tava indo dormir, depois do corujão de *videogame*.

Contei pra ela Valdinei me bateu de novo. Ela quis saber o que aconteceu. Enquanto eu falava, a cachorrinha, Nina, arranhava a porta querendo sair. Eu descrevia a sova e aquele som, minha mãe a meio caminho da porta, sem saber se abria ou deixava a cadela fazer aquele barulho enquanto eu falava. Miguel dormindo no meu colo, a testa suada e ele dormia com uma pele pegajosa e a cadela lá, arranhando a porta, choramingando baixinho.

Minha mãe resolveu abrir pra deixar a bichinha sair e sentou na minha frente. Relembrou as palavras do pastor, falou que eu era ferramenta da obra do Senhor na Terra, mas eu tinha abandonado a igreja, precisava buscar a Deus, isso era uma provação e ia passar se eu fosse forte.

Não quero mais, eu disse alto. Ao mesmo tempo ela dizia Ele vai mudar, em nome de Jesus.

Aí José chegou.

Do arrebento no peito

Você tem certeza?

Sim.

Aí ele cruzou os dedos das mãos sobre a mesa. Então, o seguinte é esse: a gente vai botar uma casa pra você aqui nos fundos. Cabe dois cômodos ali. Se trabalhar nos fins de semana, com ajuda dos irmãos, dá pra fazer.

Tem mais uma coisa: você vai arranjar emprego, a sua mãe fica com Miguel, e presta atenção, metade do ordenado vai pro material. Faço os recibos e você paga direitinho. Metade, sem falta. E veja, debaixo do meu teto mando eu, entendeu?

Minha mãe remendou É isso mesmo que você quer?

Sim.

Uma moça do movimento de moradia falou comigo. Juntavam famílias pra uma ocupação, quis saber meu nome e deixou o panfleto. Dei fé não, joguei fora.

Só queria a casinha que eu achava minha.

Mas ninguém dava emprego por causa do neném. Até uma moça de uma agência de RH me mandou pra casa Vai cuidar do seu filho, menina. E eu cuidava, todo dia, quando voltava da rua tomava um banho e dava o peito pra ele até a gente cair no sono. Fiquei nessas de currículo até arranjarem um trabalho pra mim na lojinha da Irmã Sandra.

Lá vendia aviamento, papelaria, brinquedo, presente, utilidade doméstica... Ixi, tinha o mundo lá! E eu dava duro de segunda a sexta das oito às seis. Almoçava atrás do balcão, marmita requentada no micro-ondas da casa dela, no andar de cima, na sobreloja.

Aí de sábado era até meio-dia. Eu saía de lá pra ajudar na construção da casinha. Domingo era quase o dia inteiro, só parava pra tomar banho e ir pro culto. E pra comer.

A gente comia o prato trazido pela minha mãe ali mesmo, no sol. Eu, José e algum irmão que aparecia de vez em quando pra ajudar. Naquele tempo, era deitar na cama e desmaiar, quase não ficava com Miguel. O leite foi secando.

Eu encostava a cabeça no travesseiro e já tocava o despertador. Não sonhava, de jeito nenhum. Sonhar é tipo ver uma coisa ainda impossível. Não existia isso pra mim ali. Sim, eu tava construindo meu teto, um lugar pra morar, sim. Só que uma hora a gente percebe, teto no terreno dos outros não é seu.

E a liberdade? A liberdade não era permitida. Não. Era proibida a liberdade e o menor movimento em direção a ela deixava meus pais nervosos.

Liberdade é coisa do mundo, promessa do Inimigo.

Aliás, a presença do Inimigo na nossa vida era tão intensa quanto a de Deus. A gente era uma ilha cercada pelo diabo por todos os lados. O caminho certo, do Senhor, era reto, de cabresto, tenso. Uma estrada ladeada de medo. Mas Deus tinha um plano, uma vida regrada. Previsível. Quem não tinha plano era o diabo. Ele prometia um ir e vir no mundo, um estar solto, uma alma leve, tipo sem nada debaixo do tapete.

O mundão é falta de lei, de ordem.

O diabo ama o cruzar de limite.

Então a gente era aconselhado a ficar no cercadinho. Eu fui nessas ideias, fui deixando as calças no fundo do armário e usando saia. Tangeram minhas vontades, deixei o cabelo crescer e entrei naquele mundo.

Quando terminou a casinha, uns dois anos passaram, eu já tava trabalhando no *shopping*. Quase não via Miguelzinho. Ele ficava na creche de manhã, depois com minha mãe. Quando eu saía, ele não tinha acordado ainda e, quando eu chegava, ele já tava dormindo.

A ajuda da minha mãe foi importante? Foi. Mas também foi tratando meu filho assim igual Joabe. Com cinco anos de idade ela ainda queria dar comida na boca dele, acredita? Quer dizer, eu virei a chata. A implicante. Às vezes até pensava se eu não tava com ciúmes. Eu queria uma criação diferente pra Miguel. E a gente foi se afastando.

Era final de ano, véspera de Natal, e o culto começou com clima de palavra boa. A gente precisa de emoção pra aliviar o peso dos dias, do ano velho cheio de culpa e pecado. Estava prestes a começar um ano limpo pra viver sem desviar do caminho do Senhor.

A palavra, os testemunhos, a oração, os hinos vão todos nessa direção. Aí o pastor, muito bem-informado sobre seu rebanho, dedica um trecho da pregação pra cada necessidade dos irmãos. O meu trecho era, com certeza, o das ovelhas desgarradas.

Ele dizia assim E pra você que tá desanimado, se afastou de Deus, sente falta do convívio com seu amor. Deus é bom, sim, é infinita bondade. E hoje, irmão, ele vai te receber de volta, vai sarar tuas feridas, te cobrir de benção. Deus tá mandando dizer que tem um plano para esse ano, chuva de glória, uma vitória sem precedente na sua vida. Basta, irmão, aceita Deus na sua vida, irmã. Aceita a presença da luz. Abandona o mundo e vem pro caminho santo, o Inimigo não vai ter vez na sua vida. Basta dizer: Eu aceito, Senhor. Aceito tua obra, teu caminho. Repete comigo, igreja: Eu sou servo do meu Senhor!

E todo mundo repetia. E aí era uma vibração, gente falando em línguas, chorando, gente caindo no chão de joelhos, tremendo. Uma força meio descontrolada. Era a hora de extravasar, entende? Os dias de luta, as perdas, as humilhações. E se sentir poderoso também.

Sentir a presença de Deus ali na igreja e no seu corpo e dos irmãos todos. Aquilo recarregava as energias pra gente voltar pra mesma vida de merda. Ali é o espaço de acreditar, naquele momento os problemas parecem um detalhe. Até a vida sufocante ganha sentido.

É preciso aguentar firme e, se você for digno da glória de Deus, seus Inimigos vão cair feito Golias.

Na saída do culto, tá todo mundo leve. Sensível. Um cumprimentar, irmão e irmã desejando a Paz de Deus uns aos outros. Não qualquer paz. A de Deus, nos termos de Deus, tal qual Ele se apresenta, Senhor daquelas vidas.

Mas eu não mergulhei na palavra. Pairei no culto, como quem olha de fora. Estranhei aquilo, sabe. A unção não me pegou. Miguel não parava no banco, saí várias vezes pra pegar água. Ele viu no bebedouro uma diversão. E a fúria rondando. É isso, eu tava com raiva. Eu tava lúcida, a ira me trazia pra realidade.

E então o jantar em família. Aquele clima. Miguel não encostou na colher. Minha mãe serviu o prato de José, Joabe e Miguel. Comemos em silêncio, eu tentando fazer Miguel pegar um bocado. E nada. Ele não queria.

Mas o que você quer, meu amorzinho? perguntou minha mãe.

Ele não tem que querer. – Ela dizia isso pra mim e eu repeti.

Quero doce.

Ele pediu a sobremesa da geladeira. Eu disse não. Ele insistiu, insistiu. Dei um beliscão. Aí ele chorou.

Minha mãe pegou ele no colo. E uma sanha me subindo.

Vai mimar o menino, tornar ele um criançäo igual o Joabe. Não quero meu filho assim. José puto, meu irmão se defendia.

Você quer que ele seja o quê? Igual você? Independente e livre igual você. Nessa liberdade do mundo. Nessa liberdade de levar homem pra dentro de casa.

Aí foi um bate-boca. Ela deu o doce a Miguel. Jogou na minha cara um dia quando levei um segurança do *shopping* pra dormir comigo. O Sérgio era gente boa e eu gostava dele. Mas não era da igreja e a casa não era minha no fim das contas. Eu paguei a construção, assentei tijolo ali lado a lado com José, e mesmo assim não era minha. As regras ainda eram deles.

Eles queriam me controlar. Se eu comprava alguma coisa, se comia fora, se saía pra um lugar diferente do trabalho ou da igreja. Aquilo chegou num ponto, eu não aguentava mais. Levei o Sérgio lá e foi a gota d'água. Ele saiu cedo comigo pra trabalhar no dia seguinte e mesmo assim eles souberam. Espionavam, não é possível. Armaram um escândalo. E aí, qualquer coisa, jogavam na minha cara.

Naquela semana soube da mudança de Valdinei para outra cidade. Isso me deixou tranquila. Decidi sair de lá. Comecei a procurar uma casa pra alugar.

Janeiro era agitado no *shopping*. Lotava de gente. Sábado era o dia de maior movimento. Um fervo na praça de alimentação. Tinha que ser safo pra arranjar mesa. Nem dava pra ouvir a música ambiente, só aquele zumbido das vozes.

O trabalho era simples: deixar as mesas limpas, recolher os restos, bandejas, copos. Rápido, pra garantir a rotatividade. Não podia ficar vazio, a encarregada dizia. As pessoas não limpavam antes de ir embora. E as que chegavam também não.

No horário de pico do almoço era uma correria. Andava com o carrinho recolhendo as coisas das mesas, mas sem incomodar os fregueses. Todo mundo ignorava minha presença ali e eu precisava contribuir pra isso. A gente era obrigada a ser invisível. Após o pico, ia com o pano pra passar nas mesas e nas cadeiras. E no chão.

Eu atrasei quinze minutos por causa da condução, e naquela hora alguém derramou refrigerante, o pessoal pisou, uma desgraça.

A encarregada me chamou de canto Vou te dispensar. Naquela época era assim: eu alugava uma casinha ali no bairro mesmo e morava com Miguel. Quer dizer, a gente só dormia lá, era o dia inteiro fora. Eu levantava, arrumava ele, depois me arrumava. Deixava Miguel na casa da minha mãe, a pé mesmo, pra ela levar na creche mais tarde, e ia trabalhar.

Quando chovia, tudo atrasava. Expliquei pra encarregada, mas não teve jeito. Eu sei, colega, mas já é a terceira vez esse mês. Você não é especial, um monte de mãe mora longe e não é assim. Expliquei pra ela que antes atrasei porque Miguel ficou doente.

Você precisa parar de usar seu filho como desculpa.

Voltei pra casa destruída. Levei quase duas horas pra chegar na minha mãe, aquela chuva. Na estação tinha lá a moça da ocupação, falando, o povo passando, os guarda-chuva enroscando uns nos outros. E ela lá. Peguei o papel e joguei na bolsa. Eu via as ocupações com desconfiança. Não entendia direito o motivo de invadir casa dos outros. Eu pensava assim. Via gente de bem lá, mas julgava que a maioria eram pessoas se aproveitando da situação de quem precisava.

E aí, quase um mês passou e nada de conseguir emprego. Eu mandava currículo, fazia entrevista e não conseguia. Nem os irmãos da igreja. Tava difícil naquela época.

Aí o proprietário chegou no limite. Ele ia quase todo dia cobrar, coitado. Até dar o último aviso Ou você acerta amanhã ou eu mando colocar suas coisas pra fora. Sei da sua situação, mas dependo desse dinheiro também, minha filha. E ele tava falando a verdade, aquela era a única casa de aluguel do Seu Dito e ele tinha um filho especial precisando de remédio caro. Entendo o lado dele. Mas fiquei na angústia. O que fazer?

Pra piorar, o tempinho de falar com ele no portão foi suficiente pro Miguel aprontar. Quando voltei, tinha arroz cru espalhado na cozinha inteira. O chão coalhado de grão.

Eu sem nem saber quando ia ter dinheiro pra comprar comida.

Quantas vezes eu já falei pra não mexer nas coisas?

Eu gritava. Tava ensandecida. Não queria voltar pra casa da minha mãe, aguentar humilhação. Não queria ter perdido o emprego. Não queria nada daquilo. Aquele moleque... Só podia ser de propósito. Ele faz de pirraça. Merece uma surra pra aprender que a vida não é fácil. Esses pensamentos vinham na minha cabeça. E eu bati nele.

Eu só quero paz, tá ouvindo? Paz. Sua peste.

Mas ele não tava ouvindo, acho. A cara dele, o terror. O corpinho se debatendo. Minha mão de fera em cima dele.

Peste. Chamei ele de peste igual minha mãe fazia comigo. Soltei ele, pasmado, buscando um lugar seguro pra se agarrar. E um cheiro forte de arruda tomou a casa. Do nada. Vó Obeá tava ali.

Pedi desculpa pra ele e ele repetia Desculpa. Manso de tudo. Uma dor grande, a do filho estranhar a gente. Eu não queria ser aquilo.

Ficamos ali abraçados, o chão coberto de arroz. E aquele cheiro de arruda. Desculpa fio, a mãe perdeu a cabeça. Ele respondia Desculpa. Não sabia se ele tava pedindo ou me desculpando. Eu não queria ser daquele jeito. A gente ficou ali. E o perfume da arruda entrando pelo nariz. Meu peito quase arrebentava, o caroço se torcia de câibra. Miguel amoleceu de sono.

Com meu menino no colo, saí vagando pela rua. Tava quente e as pessoas na calçada, as crianças silenciavam quando eu passava. Alguém perguntou se o menino tava bem. O cheiro de arruda grudado no nariz. Os pés descalços pisando o asfalto grumoso.

A música me tirou daquele estado. Vinha de uma igreja. Não sabia nem onde tava, só segui o som e entrei. Você não vai acreditar na palavra da pastora.

Deus revelou uma palavra profética. Números, capítulo 13, versículo 1 e 2. A promessa de Deus pro povo de Israel não se cumpriu rápido. Deus revelou pra Moisés quando ele saiu do Egito e o povo se libertou da escravidão. Mas a promessa se manteve, porque o teu Deus é o Deus da palavra que se cumpre. Não importa quanto tempo você fica no deserto. E Deus diz hoje: se a promessa foi feita, ela se cumprirá. A vitória não tarda. Deus vai te dar a terra prometida, a terra com frutos a colher, terra farta com morada segura, a morada da Paz do Senhor.

O povo de Israel ocupou a terra dada por Deus. Sabe por quê? Porque assim foi determinado por Deus antes que o mundo fosse mundo. Deus não abandona os seus. E Deus diz: a terra preparada para ti já é tua! Já foi marcada. É só questão de tempo. Porque o teu Deus é um Deus justo. Deus preparou, é seu por direito, ninguém toma posse de verdade porque já estava determinado. Deus disse a Moisés pra enviar seus homens pra espiar a terra prometida. E eu digo para você nessa noite: Deus já te mostrou o caminho, já te deu a direção da tua terra prometida. Abre essa cabeça, minha irmã.

Deus já te mostrou que você vai tomar posse do que foi dado por Ele. Deus mandou espiarem a terra pra eles passarem vontade? Não, Deus te mostrou a bênção, te deu o gostinho. Segue firme. Te encaminha pro que é teu. Tá dado. Tá dado. Tá dado. Aleluia!

Eu tava entregue na palavra. Cantamos um louvor ao som do violão. Gritavam palavras de honra a Deus. Todo sofrimento tava suspenso. Deus disse, então tava dado. E como Deus dá, afinal? De mão beijada? Pro povo de Israel foi muito tempo vagando pelo deserto antes de ocupar a terra farta e a morada segura.

Aí eu entendi. Voltei pra casa. Quando cheguei, fui direto na bolsa. Virei as coisas em cima da cama e peguei o panfleto amassado. Era hora de partir para a terra prometida. Deixei Miguel na cama e fui banhar.

O caroço entre meus seios tava intumescido e esverdeado. Vai estourar igual furúnculo, sair o pus e sarar. Nada. Protuberou até brotar. Queria ir no médico, mas a correria não deixava, eu precisava fazer um dinheiro, tratar de Miguel. Ir no médico seria estranho, imagina chegar pro doutor e mandar essa Tem uma planta nascendo no meu peito.

Ficava tempo no espelho olhando o milagre. Uma mudinha de arruda saindo da minha pele, um broto, do nada rompeu a pele e tava ali. Tipo uma gravidez, mas eu mesma tava nascendo. Tive vontade de sol, muita sede de manhã. Água gelada não gostava não, só fresca mesmo, da torneira. Tomava de golada. Banho quente, nunca mais. Nem no frio.

Não é algo a se ignorar, ainda mais com o cheiro. Todo mundo repara, então eu comento algo sobre levar uma muda no peito. E é verdade, não deixa de ser.

É a herança de minha Vó Obeá. Aquela benzedeira sabida deixou essa herança pra mim. Não pra benzer os outros, essa missão era dela. Eu carregava uma outra muda, a minha, e ela ia crescer.

Da mulher do fim dos tempos

Quando entrei pra ocupação tinha acabado de nascer a arruda no meu peito. Essa ocupação era lá no centro. Um prédio do Estado, abandonado mais de ano.

Quando cheguei, o pessoal já tinha entrado e feito a renovação do lugar. Peguei um quarto, quer dizer, um espaço assim, dava pra fazer uma espécie de quarto e sala. Era uma cozinha por andar e os banheiros, coletivos.

Tinha gente saindo ou voltando do trabalho e aquela barulhada de criança o dia inteiro. Mas era bom. Botei um lençol pra divisão dos cômodos, e a porta de entrada era sanfonada mesmo. Mas todo mundo respeitava. Tinha homem agressor de mulher lá, e aí a direção do movimento resolvia. Achei legal eles não ignorarem, sabe? Tinha os grupos de limpeza e manutenção. E as assembleias.

Fiz um combinado com mais duas amigas. Eu ia trabalhar de manhã e deixava Miguel com elas. Aí uma ia de tarde e a outra de noite. Dava certo, ninguém tinha serviço fixo.

Eu vendia meus doces no ônibus ou no sinal, dependendo do dia. A Talisca tinha uma barraquinha perto de uma firma e fazia a parte do café da tarde dos pião, troca de turno e tal. A Josiane era manicure, ia atender as madames em casa, ela gostava de ir à noite, tinha mais clientes. E foi assim, a gente se ajudando. Talisca não tinha filho e nem queria. Mesmo assim gostava de estar com os pequenos. E eles respeitavam.

Não tinha luxo nenhum, mas também se tivesse, ninguém se metia na sua vida. Pagando a taxa de manutenção, pra manter o movimento, as melhorias na estrutura e tal, tranquilo, ninguém interferia na sua vida. Foi bom aquela época.

Tinha uma quitanda chique lá no centro. Eles jogavam muita coisa boa fora. Os clientes não aceitavam um machucado na mercadoria. Se tinha uma marca, eles já descartavam. Comecei a passar lá todo dia pra ver. Fiz amizade com Seu Antônio, um senhorzinho de cabelo branco, magrinho, de roupa social. Gerente da quitanda chique.

Aí fui fazendo amizade. Passava e dava bom dia. Outro dia comentava do descarte Esse pessoal rico exige tudo do bom e do melhor, né? Ele ofereceu Quer levar umas verdura, moça? Pode pegar. Só manter a postura aí, sem alarde.

Aí a gente organizou a xepa para o pessoal da ocupação. Dava o horário e todo mundo baixava carrinho de feira. Ia eu mais Talisca pra coleta. O pessoal fazia fila dois quarteirões pra baixo pra evitar o tal alarde.

Era uma beleza. O que dava pra aproveitar a gente comia e o que sobrava ia pra composteira na cobertura, onde um pessoal botava uma horta pequena.

A gente até fazia umas receitas de final de semana. A Talisca me ensinou uma macarronada italiana, receita da família dela. Felicidade pra mim era as crianças brincando no corredor e a gente fazendo molho com tomate madurinho. Damara nos visitava nesses dias, ela chegava toda montada, colocava música na caixinha de som cheia de luzes e a gente cantava junto.

Cheguei do mercado, as coisas na sacola, e dei de cara com minha mãe.

Meu neto não vai crescer no meio de bandido. Marginal. Onde você tá com a cabeça?

E falou pra eu voltar pra casa se não ela ia levar ele embora. O José tava sem serviço fazia meses, o dinheiro do acerto tava acabando e tal. Eu nem fiquei sabendo disso na época.

O seu lugar é junto da família, pra gente se ajudar.

Eu tenho ajuda aqui na ocupação.

Denuncio pro conselho tutelar.

Virei no Jiraya. Veio gente apaziguar, eu querendo resistir, e aquela confusão de gritaria, Miguel grudado em minha perna, minha mãe puxando. Chegou o Seu Gerson, da direção, e falou pra gente resolver a situação se não ia todo mundo pra rua. Uma loucura. Do jeito que larguei as sacolas no chão elas ficaram.

Miguel apartado de mim e eu sem reação. Aquilo acabou comigo, eu não queria viver. Tava cansada. Caí ali e fiquei.

Talisca me ajudou. Ela ia todo dia levar comida. Conversava. Às vezes eu nem respondia, mas ela tava ali. Chamava eu pra tomar banho, pra sair, pra várias coisas. E eu nada. Às vezes ela falava coisas pra me animar.

Esse mundo quer destruir pessoas como nós, amada. Destruir. Começa quando você não aceita o lugar onde tentam te colocar. E quando você faz o que quer, recebe na cara mesmo. Mas eu sou teimosa, não vou aceitar esse lugar que querem vestir na minha vida. E recuso também esse Deus homem truculento. Ele não odeia quem a gente é. Ele torce pela gente. A gente é ele e ele é nós também. Deus não tem nada dessa pureza besta. É a própria transformação em nós. Nossa morte e ressurreição.

Ela ajudou a pagar a contribuição da ocupação, limpou as compras, a comida ia apodrecer ali no chão. Se não fosse Talisca e Josiane, aquelas duas companheiras de luta, mas principalmente Talisca, eu não sei o que teria sido de mim. A muda murchou, ficou fraquinha. A ponto de cair, feito umbigo de recém-nascido. O ramo seco em cima da cama e eu ali olhando pra ele.

Um dia os guardas municipais destruíram a barraquinha de Talisca e estragaram a mercadoria. Ameaçaram sumir com ela se dessem com a barraca de novo.

A quitanda tava proibida pra gente fazia umas semanas também. Seu Antônio se aposentou e um metido a besta ficou cuidando de lá. As vizinhas dos apartamentos com vista pra xepa reclamaram também. As coisas desandaram. Algo pedia pra gente se movimentar.

Aí Talisca comentou de uma ocupação chamada Vale do Sol e me chamou pra ir lá. De repente levantei, abracei ela. A gente se confortou uma na outra.

Pra gente que é mulher, ter um romance com um homem, seguir o esperado, é quase como um teatro. Às vezes você nem tá sentindo aquilo, mas faz o que acha certo. Uma coisa dita natural, mas não é a única possibilidade. E não seguir essas regras é igual sair de um mapa. Não tem um caminho certinho. Isso é viver de verdade. Amor de verdade.

Eu já estava no Vale fazia uns meses. Peguei os doces pra vender e fui. Naquele dia, o Levita passou no noticiário. Ele tava lá no canteiro da Marginal e o Valdir falava com o jornalista. Ali eu soube, precisava buscar ele. E fui, com a cara e a coragem. Conhecia o Saimon de vista, já o vi rodeando as assembleias do Vale. Mas ele nunca era de se envolver muito com o movimento. E agora se tornou o maior símbolo dele.

O Brasil não conhece o Levita. É uma ilusão. Um homem levitar assim, do nada, eu acredito, é um sinal de Deus, mas é preciso cuidado na hora de receber uma mensagem divina. Imagina o desafio de se tornar um santo, arrimo da esperança de um país inteiro, um ímã de ódio e paixão. O povo sempre elege um salvador, dizem. Alguém pra nos resgatar enquanto a gente se distrai com bobagem. Sem se preocupar. Eita sossego perigoso esse. Ter uma figura pra se agarrar no desespero eu até entendo, mas fazer isso pra continuar vagando no deserto eternamente, aí eu já não posso concordar.

Que eu seja a mulher braba que mora no fim dos tempos. Mais uma entre tantas. O importante mesmo é pensar no depois desse fim. Sempre tem coisa findando, é verdade. Nasce, cresce, fica velho, morre. Mas não é uma linha. É um círculo. Pode ser o fim de um tempo.

Agora, o Vale tá cheio de vida. Podem derrubar esses muros, pode virar esse mundaréu de casa em entulho debaixo de escavadeira. E a luta não finda. Brota de novo em outros cantos. E assim a gente vai.

Uma coisa que eu aprendi na luta é isso, esse mundo é pra nós igual a xepa.

O que der pra aproveitar, a gente aproveita.

O que não der vira adubo.

LIVRO DO LEVITA

Da Aparição do Levita

Madalira findou as vendas de doces e parou em uma lanchonete para comprar um gibão. O lugar estava vazio, apenas uma mulher de cabelos molhados sentada em uma das mesas de metal. Madalira observava as opções na vitrine engordurada. A cliente tomou um gole da lata de refrigerante e pediu ao senhor calvo do balcão para aumentar o som da tevê.

Era o Levita no noticiário.

Na hora de acertar a compra, Madalira perguntou sobre o lugar onde o homem santo apareceu. O velho colocou a paçoca no saco de papel pardo enquanto explicava o caminho. Estendeu o pacote, observou a jovem abrir a mochila para guardar o doce.

– Você vai lá, moça?

Ela fechou o zíper.

– Vou ver se consigo um milagre.

Deixou sobre o balcão as moedas e saiu, o cheiro de arruda atrás de si.

Um rapaz, parte do corpo para fora da janela do ônibus, apontava o celular na direção deles. Os três estavam no centro do gramado, entre o rio e a Marginal. Algumas pessoas os observavam do trânsito. Saimon procurou o chamariz daquela gente curiosa. Outro motivo de interesse não havia. Nesse momento se deu conta: seu corpo não tocava o chão. Havia câmeras direcionadas a ele.

Era estranho ser visto.

Seus dois companheiros, Lucas e Valdir, pareciam esperar que dissesse algo. Mas Saimon não tinha o que dizer. Levitava e só. Ainda ontem era um cara comum, levando cola da polícia, usando seus olhos para guardar o carro dos bacanas.

Do rio, à direita, veio um cheiro de esgoto. O mato alto do canteiro, atiçado pelo vento, fazia cócegas em suas pernas. O joelho machucado latejava de leve, uma lembrança do dia anterior. Nada havia para ser dito. Levitava e pronto.

Valdir conversava com alguém do ônibus ainda parado no semáforo. Ele gesticulava, erguia os ombros. Embora o sinal já estivesse aberto e os motoristas dos carros, ávidos por mais um dia de firma, buzinassem impacientes, o coletivo empacava o trânsito. Apenas as motos avançavam pelas brechas. Valdir estava eufórico, as pessoas perguntavam coisas, o olhavam na cara. Aproveitou para pedir um trocado, voltou com três notas de dois e umas moedas.

Lucas sentou mais perto em frente a Saimon, a vara sobre suas pernas, aquela mesma usada para acordar o paranormal adormecido. Ao perceber seu corpo pairar sobre o chão, ainda dormindo, resolveram cutucá-lo.

Em frente ao Levita, Lucas permanecia calado. Não se importaram com as pessoas se aproximando. Um era ímã do outro. E os observadores se aglutinavam.

Sequer poderiam imaginar quanto tempo ficariam assim. De fato, a lua já firmava no céu quando Lucas entrou em ebulição.

Antes disso, porém, quando faltava pouco tempo para a hora do almoço dos afortunados, chegou o primeiro repórter. Nenhuma palavra arrancou de Saimon, mesmo com todo seu esforço. Sentou na grama com sua calça social, derreteu debaixo da luz escaldante, posicionou o microfone, tentou explicar, perguntou muito. Por fim, levantou desistente do contato e procurou a sombra de uma árvore próxima. O cinegrafista enquadrou-o quando ele ainda secava o suor do rosto com um lenço. Saimon, ao fundo, pairava sobre o verde, mirando Lucas.

Apontando o extraordinário, que naquele mesmo momento se transmutava em profeta, com a mão pretejada de sujeira, Valdir contou sua versão para a câmera:

– A gente tava dormindo, certo, e quando acordou tava lá o indivíduo levitano.

O repórter consultou suas anotações.

– Você percebeu algo estranho durante a noite? E aqueles machucados?

– Não, ele já chegou aqui judiado. E eu não vi nada demais, ontem dormi cedo com um Corote pra espantar o frio.

– E aquele homem com o Levita?

– Então, esse parece que agora tá enfeitiçado... – coçou a cabeça – Foi ele que viu o home levitar primeiro – suspirou – É o fim dos tempos.

O jornalista agradeceu usando suas notas para tirar a umidade da testa, mas Valdir ainda precisava falar. Chegou perto da câmera, afoito:

– O Senhor Poderoso está vindo ver nossos pecados. – Com as sobrancelhas erguidas, cantou – Ói, ói o trem, vem surgindo detrás das montanhas azuis, olha o trem...

Correu entre as pessoas cantando. Enquanto isso, duas viaturas da guarda municipal estacionaram no canteiro.

Mergulhado em Lucas, Saimon captou vagamente a entrevista. Não como sujeito da notícia. Era uma pessoa entretida em uma tarefa, ouvindo vagamente o som ao redor. Do mesmo jeito que veio, a ideia de uma reportagem se foi. Não se sentia mais Saimon, era um corpo levita. E era visto. Em silêncio.

O gramado enxameava, muitos registraram o acontecimento com suas câmeras de bolso. Perto das quatro chegou um grupo de pessoas com esteiras debaixo dos braços. Se posicionaram, ao redor de Saimon e Lucas, e começaram um tipo de ginástica lenta. Vendo os movimentos e as sombras bonitas, compridas, Valdir se juntou a eles. Era ioga, alguém explicou.

Os guardas observavam a ocorrência trocando algumas palavras em voz baixa. Um grupo de Hare Krishnas vendia amendoins açucarados aos espectadores. Um punhado de pessoas sentou na grama para meditar. Um pregador ousou começar seu sermão, mas, depois de um tempo, se pôs a ler, quieto, a Bíblia gasta à mão. Durante o pôr do sol alguém tocou Alceu Valença. Quiseram fazer uma fogueira, ao que um dos guardas impediu. Em algum lugar da cidade, o prefeito trocava mensagens com o secretário da segurança.

E então, o ápice: a Lua já ia alta no céu.

Os guardas decidiram acender o farol de uma das viaturas, e no instante entre a escuridão e a luz, Lucas fervilhou. Sua substância borbulhou, e as pessoas que presenciaram a coisa jamais puderam compreender. Caiu em prantos o rapaz franzino de roupas sujas. Com a alma em fogos, ajoelhou e, para quem quisesse e pudesse ouvi-lo, avisou:

– Chegou a mulher braba que mora no fim dos tempos.

Girava o corpo, braços abertos, repetindo seu verso. Um dos praticantes de ioga lembrou de uma peça de teatro. O pregador viu a Lua e uma moça se perguntou: Deus não está cansado?

Lucas encontrou Valdir, deram um abraço extasiados. Poucos notaram quando Madalira levou Saimon pela mão.

De quando Saimon decidiu calar

Saimon acordava cedo e rumava para a praça do coreto. Todo dia café preto, colete laranja e caminhada. Uma hora e meia, chegava ao posto e vigiava os carros.

A clientela fixa retribuía com um trocado. Com sorte, muito sol e alguma chuva na cabeça, nos dias de maior dinheiro circulando por aquela gente alcançava o mínimo para as obrigações.

Havia, é certo, os que o ignoravam, às vezes cabeça baixa. Envergonhados? Seu ganha-pão incomodava? Ou acanhados em frieza, emendando maldade, sem coragem de dizer seu desprezo no cara a cara?

Existiam, ainda, os odiadores.

Um homem desatou uma continuação de ofensas sem nem respirar direito, em resposta a seu bom-dia. Foi difícil aguentar, apelou à cachaça. Tá querendo o quê, que eu desista da vida? Que eu acabe? Faço o que posso, entendeu?

Às vezes um gritava pela janela do carro "Vai trabalhar, vagabundo" ou atiravam algo em sua direção. Quando tacaram uma garrafa de vidro nele, ficou preocupado. Com a ofensa se lida, mas e com agressão? Pouco tempo perdeu nesse sentimento, porém. Medo de nada servia, e Saimon precisava ser uma pessoa prática.

Mais um *sedan* preto apontou em sua área, e lá foi o guardador oferecer seus olhos. Fala de longe, pra não assustar o freguês, mas perto o suficiente para o dono do carro saber que está seguro.

– Opa, bom-dia, chefia, deixa comigo… – a voz mansa, o tom estudado na rua, cliente a cliente. O homem assentiu, algo sutil, quase nada. A sensibilidade aos gestos, outra manha adquirida na lida.

O dia ia escorregando pela tarde quando parou ali a viatura. Ouviu o toque breve da sirene, apenas um aviso. Um homem de farda cinza se aproximou de Saimon, o parceiro mirava a pistola.

Aqueles homens, vestidos de poder matar e poder morrer, pareciam furiosos. Saimon entrou no personagem, sabia como deveria agir. O de farda veio, mão no coldre aberto, o chiclete exercitava o maxilar bojudo. Narinas dilatadas, gritava e mascava.

– MÃO NA CABEÇA, FILADAPUTA.

– Boa-tarde, senhor.

– Boa-tarde o CARALHO! Mão na cabeça, já falei.

Assim fez Saimon, treinado de outros enquadros, sabia ter paciência. O de farda passou a mão por seu peito, por cima da camiseta, por baixo. Desceu pela cintura, apalpou o membro uma, duas, três vezes. Pernas e bunda conferidos. Saimon, olhava para frente, expressão neutra.

– Já foi preso por quê?

– Fui preso nã...

– Não foi? E o documento?

– No bolso, senhor. Posso...

– Pega.

Cuidou para manter seus movimentos lentos, levou a mão direita até a lateral da bermuda de tactel, o som seco do velcro de seu bolso.

– O que tá fazendo aqui, vagabundo?

– Trabalho guardando carro...

– Acha que tô brincando? SEI QUAL É A TUA, CARALHO!

– Sou pai de família, trabalhad... – Saimon quis acalentar o rosto dorido, mas se segurou. Quem tem movimento brusco morre fácil na mão da polícia.

– Mão pra cima, viado. Você é parceiro dos caras, a casa caiu! A gente tá averiguando a área, você é olheiro deles, tô sabendo. Fica de olheiro e passa pra eles. Quanto ganha nessa vida, acha que vale a pena?

Saimon não respondeu. Levou outro tapa.

– Não, senhor.

– Não vale a pena mesmo, vagabundo. Eles vão te descartar, tá ouvindo? Você não vale nada pra eles.

– Tá certo.

– OLHA AQUI PRA MIM, seu bosta. Tô sabendo, não adianta.

– Não tenho envolvimento com esse tipo de atividade, senhor.

– Não adianta mentir, olha aqui pra mim, tô falando. Não sou juiz, não vou dá pena pra você, fala aqui, você é olheiro?

– Não, senhor, só guardo os carros faz anos já. Todo dia chego cedo, saio à noite, trabalhador, pai de família – suas palavras correm, Saimon está saindo do personagem. E o da farda incorpora cada vez mais no seu.

Cada tapa o encurvava para frente, seu corpo tentava resistir, desengonçado. Quando o primeiro soco pegou sua nuca, se contorceu esfregando o lugar atingido. Vieram os golpes na costela, tirando seu ar e fazendo seus joelhos cederem. O coturno preto o golpeou algumas vezes, Saimon tossia, pancadas desceram sobre suas costas. O calor insuportável do chão machucava seu rosto, mas ele não tinha forças para se afastar. O asfalto quente ralava e quase derretia sua pele.

– Nesse esquema você é só uma peça, tá entendendo?

Só uma peça.

O outro fardado volta com seu documento. Acharam nada. Saimon caído, jogam o documento sobre ele.

– Levanta, viado. Onde você mora? Vai pra casa agora e não sai mais. Se aparecer aqui de novo, tá fodido, entendeu? – Saimon não se mexeu logo, o asfalto ardia na pele. Teve uma crise de tosse, não conseguia respirar, cuspiu saliva grossa no chão. Levantou devagar, guardou o documento. Os oficiais entraram na viatura, deram partida, mas mantiveram uma marcha lenta, acompanhando seus passos, um tipo de ameaça.

Outro carro saiu, Saimon não conferiu se era dos seus.

Andando, chupava o nariz, o gosto de sangue. Uns filadaputa desgraçado, só humilha a gente. Ouvem nada. Quem chamou esses puto? O cara do *sedan*, caipora. Bem o tipo. Fiz nada, guardo carro o dia inteiro. Espio dentro, mas não passo pra ninguém, não. Viagem. Não faz diferença tá no crime, sou tratado igual um bandido por esses merdas. Enfia no cu esse chiclete.

Saimon guardava carros e palavras. Ninguém queria conversa, só seus olhos eles queriam. Tão é louco de poder. Eles pensam que pode tudo, os policiais, os homens de carrão, chega aí com a nave e trata a gente que nem lixo. Pior que podem, com farda, fazem o que querem. Ouvem nada do que a gente fala. O maxilar amassando o chiclete. A cara de cavalo daquele do *sedan*. A quem esses malditos dão ouvidos?

Encontrou Lucas e Valdir bebendo um Corote no canteiro da Marginal. Tinha andado tanto, seus pés doíam. O chinelo arrebentou no caminho e ficou para trás. Sentou, e Valdir:

– Friozinho ruim pra fevereiro, né, galego? E essa cara, estrago da patroa?

Saimon nada respondeu. Mesmo incomodado, o outro não fez caso.

– É isso aí, parça. Faz o que tu queres – ergueu a garrafinha – há de ser tudo da lei.

Saimon tirou as moedas do bolso e estendeu a Lucas. O jovem agradeceu com um aceno de cabeça e levantou. Foi até uma das lanchonetes na rua do terminal e voltou com a garrafinha de cachaça.

– Os china trabaia memo. Os caras não descansa.

– Eu descanso! Que essa vida me deixa só o pó – Valdir pediu uma golada.

– Ó o bilhete da loto. Amanhã cedinho, ein? As velha gosta de ir lá pras oito, logo que abre as loja.

– Fica sossegado, Luquinha, amanhã a gente sobe lá antes do mercadão abrir as portas.

– Falando sério. Era pra nós ter ido já.

– E nós não foi?

– Eu fui, né? Mas sozinho não dá, você sabe...

Saimon não se serviu da bebida. Tampouco prestou atenção ao papo. No que se deitou, com as mãos atrás da cabeça, adormeceu.

Do retorno ao Vale do Sol

Ela chegou, cabelos em coque e cheiro de arruda. Guardaram um o silêncio do outro, a moça se aproximou, pegou sua mão e o levou dali. Ela caminhando de tênis no chão, ele pisando descalço nos ares. O guarda municipal deu um aviso pelo rádio da viatura, um ou dois curiosos os viram se afastando. A maioria continuou: ioga, meditação e música. Os Hare Krishnas já haviam partido, foram atrás de mais amendoim para açucarar e vender.

– Meu nome é Madalira. Tô indo pro Vale do Sol, conhece? – estendeu-lhe um agasalho e soltou passe na catraca do terminal. Saimon fez que sim e se embrulhou.

Os ônibus esperavam passageiros com portas abertas. Antes da partida, era vendida uma infinidade de mercadorias: balas, trufas, canetas, chocolates, sacos de lixo, pomadas de cânfora. O que desse uma renda e fosse permitido pela vista grossa dos funcionários da empresa de transporte estava valendo. Saimon ficou no fundo do ônibus observando. Entraram em um dos veículos e ela se posicionou na dianteira, próximo ao motorista:

– Meu nome é Madalira, tenho filho pra criar e vendo essas balas baratinho.

Uma moeda por pacote de balas de goma. Saimon notou os que a ignoravam, os clientes fiéis e, ainda, os que davam um dinheiro a mais em caridade, ao que ela retribuía com balas. Estava vendendo, dizia.

Às vezes alguém apontava uma câmera. Ou comentavam. Uma menina mirou o dedinho:

– Olha mãe, o moço tá voando! – a mulher desceu a garra no bracinho.

– Fala baixo, criatura.

Uma senhora cozia o peito com sinal da cruz, um assovio ou outro vazando a reza pelos dentes.

Vendeu boa parte do conteúdo da mochila. Entraram no veículo derradeiro e desceram em um uma praça sem coreto.

– Vou só passar pra ver meu filho, tá?

Saimon não se importava. Seu destino colado ao da moça. Não sabia se ela o conhecia do Vale. Como seria voltar pra lá agora?

Balançando o corpo de leve, observou o outro lado da rua. Madalira foi recebida no portão de uma casa por uma mulher mais velha, trêmula sob o longo vestido de algodão. Os cabelos compridos, arrumados atrás das orelhas, estavam presos nas pontas, um manto grisalho, os óculos na ponta do nariz brilhoso. Entrou sozinha depois de trocarem algumas palavras, e voltou com um menino. Um garoto, mochila nas costas, voz sumida. Madalira beijou seu pescoço e seu rosto, cheirou atrás de suas orelhas, segurou a cabeça, os dedos nos cabelos. Abaixou diante dele. A senhora esperava de braços cruzados. Madalira tirou algo de dentro da blusa e entregou ao pequeno, mas a dona bateu em sua mão e a coisa caiu. A velha ralhou enquanto puxava o menino feito boneco de pano pelo braço. O portão sacudiu com a batida. Madalira recolheu o rejeito do chão e caminhou até Saimon, o cheiro forte de arruda.

– Ela não quer que eu fique com meu filho. Meu filho. Quando entrei pro movimento, foi lá pra buscar ele. Diz que não vai devolver até eu sair dessa vida. Sabe o que eu respondi? – entregou o ramo renegado ao rapaz. – Que ainda vou aparecer aqui com a chave da minha casa.

Embarcaram novamente. Flutuante, Saimon apertado entre uma senhora sentada ao corredor e as pessoas em pé. A mulher caçou e, assim que capturou sua atenção, desatou o motivo de sua viagem. Ia visitar o filho que estava trabalhando de auxiliar de serviços gerais em um condomínio, agora chama de serviços gerais quem faz as coisas de Severino e resolve os problemas todos de um jeito ou de outro, que é pra não precisar contratar um profissional autônomo, que esses são enrolado, além de cobrar caro, porque eles querem compensar o fato do trabalho manso que fazem.

Sequer notou o completo silêncio do rapaz.

Em frente ao mapa da estação, Madalira confirmava algo no celular e Saimon observava as pessoas indo e vindo. Quando saíram do ponto do trólebus onde desceram, as nuvens baixas pareciam amareladas contra o céu escuro. Alguns vultos circulavam sob a luz dos postes, os dois se juntaram a eles. Caminharam por entre a madrugada até chegarem a um portão grande feito de tapumes. Saimon pousou os dedos sobre a textura conhecida dos feixes prensados de madeira. Uma abertura surgiu e uma senhora os recebeu.

– Graças a Deus chegaram bem.

O vento soprava forte e lá dentro estava escuro. As lonas gemiam a cada lufada, um murmurar de garoa tamborilando de leve no plástico sobre os barracos das pessoas acampadas. Talisca esperava por eles, sendo abraçada por Madalira.

Naquela área, à direita da entrada, havia os barracos provisórios de quem acabava de chegar. Com um tempo assentado, o lote era separado para o morador, que tinha a oportunidade de erguer seus primeiros cômodos de alvenaria. A parte das casas de tijolos ficava na porção alta do terreno, à esquerda, onde o sol batia quase o dia todo.

Dona Nita arranjou um canto para dormirem em uma tenda ampla, montada na Praça da Jabuticabeira, logo atrás da árvore gigante. Chamavam assim o local das assembleias daquele povo. E foi no chão de terra, coberto com uma lona e uma manta, que Madalira adormeceu junto a Talisca. Saimon relaxava sobre si mesmo.

Poucas horas depois, os corpos amanheciam para o trabalho, vozes contidas e sonolentas assimilavam mais um dia de lida. O café foi servido na cozinha coletiva às cinco da manhã, no raiar da cidade, um pouco antes de despontar de astro maior dos céus.

A bandeira vermelha do movimento tremulava alto em um mastro envergado, porém firme. Da mesma forma Madalira se sentia naquela manhã.

O terreno se estendia por quase todo o quarteirão. Não fosse o brejo ao fundo e o condomínio de apartamentos na lateral, maior seria o espaço tomado pela ocupação. Quem entrava pelo grande portão, feito de compensado e reforçado com carcaças velhas de portões de ferro, via uma descida íngreme, que virava à esquerda até dar na Praça da Jabuticabeira. A ala esquerda era tomada pelas casinhas de alvenaria. Sem reboco, telhado de amianto, ofereciam abrigo e orgulho aos ocupantes. O que parecia pouco para uns era uma grande conquista para aqueles outros.

Da praça era possível ver a cozinha coletiva, com sua grande janela e um balcãozinho de concreto, onde era distribuída a comida. À direita ficava a torneira, onde os moradores dos barracos de lona buscavam água. Ao lado ficavam os banheiros coletivos e, mais adiante, o campinho. As construções tinham uma engenharia astuta, se servia dos mais distintos materiais para compor as moradas. Para além da cozinha tinham os comércios do lugar: a Birosca de Dona Beguina, o Brechó do Pirata e o salão de Doralice. A creche comunitária também ficava por perto, abrigando em sua sala o acervo de livros do lugar. Ao fundo e à direita tinha um espaço livre, onde se acumulavam entulhos de construção e terra. Ali também se formaram o galinheiro e a horta comunitária daquele povo.

De quando Saimon se foi ao céu

A notícia de que Saimon, morador do Vale, era o Levita misterioso criou um clima de procura. O pessoal chegava olhando, tentando encontrá-lo. Na internet, os vídeos com imagens do profeta da Marginal, como era chamado por alguns, já somavam milhões de visualizações. Era o assunto dominante nas redes sociais e fazia pulular a imaginação pública. Lucas e Valdir protagonizaram depoimentos sobre o iluminado.

Bastou o primeiro reconhecê-lo para Saimon se tornar disputado. Mal terminou de comer um pão dormido com margarina e as pessoas o cercaram. Não demorou para Dona Nita mandá-lo à tenda na Praça da Jabuticabeira, onde o manteve fechado para, assim, controlar a multidão. Com um megafone, alertava:

– Companheiros, precisamos manter a organização; os da guarda vão para a guarda, os da cozinha vão ajudar no preparo dos alimentos, os da limpeza vão cumprir com suas tarefas. Nós vamos organizar um espaço para o companheiro Levita ficar e todo mundo vai conseguir ver ele, tá bom? Mas tem que ser organizado.

Madalira mastigava seu pão, vendo Dona Nita colocar o megafone ao seu lado:

– Vamos lá – suspirou – arranjar um barraco para o companheiro sagrado e outro para você. – E, olhando em volta com as sobrancelhas franzidas, perguntou:

– Você também tá sentindo esse cheiro de arruda, menina?

– É que eu levo um ramo no peito, feito minha avó.

Dona Nita ficou olhando para a jovem. Aquele costume das benzedeiras não era comum entre a moçada nova. Talvez, por isso, fez brotar em si uma alegria antiga, guardada há anos, de quando foi benzida e abençoada, ainda pequena, por uma sábia senhora.

Carregaram os caibros e, ao iniciarem a construção dos barracos, começaram a aparecer voluntários. Seguiram debaixo de um sol quente, poucas foram as pausas durante o trabalho. No final da tarde, os que chegaram do serviço ajudaram a finalizar o arranjo do lugar. O Pirata trouxe roupas doadas de seu brechó, João Bola chegou com um banco de madeira encontrado no lixo e reformado. Uma senhora trouxe uma coberta, presente da patroa. Quando deu oito da noite, Madalira descansava em seu barraco após um banho frio. Saimon passou o dia em silêncio, de olhos fechados e sentado sobre o ar, comeu um prato de comida na hora da janta, levado por Dona Nita. Agora estava em seu barraco próprio, recebendo os visitantes.

Havia fila do lado de fora. Os curiosos entravam, alguns passavam a mão pelo vão entre seu corpo e o chão, para tentar encontrar algum truque. E nada. Os interessados apenas em desvendar o mistério, aqueles em busca de uma resposta exata ao fenômeno logo começaram a rarear. Esses não voltavam.

Incomodava a falta de respostas, lidar com o inexplicável.

Já os crentes, esses se aglomeravam. Das mais variadas matrizes religiosas, os sem-teto apegados à fé passaram a frequentar a Tenda do Levita pelo menos uma vez ao dia. Enquanto Madalira se envolvia cada vez mais com as tarefas de organização da ocupação, auxiliando Dona Nita, se criava um espaço diferenciado no barraco do profeta.

A Tenda do Levita se transformou em espaço de livre-espiritualidade. Talisca se fez presente cuidando, organizando e mandando dizer recados. Achegavam pessoas, cada uma emanando sua fé a seu modo. Quem era de oração orava, os de terço terçavam e os de terreiro incorporavam. Quando João Bola, férvido seguidor, tentou impedir o batuque na tenda, causando pequena confusão, houve uma atitude firme do mestre: levantou e caminhou sobre o nada até o fanático. Sem dizer palavra, pegou-o pela mão e o levou para fora. Banido, Bola ficou três dias magoado para voltar refeito e tolerante. Foi acolhido.

Talisca colou numa tábua da parede uma matéria de jornal sobre Saimon. Às terças e quintas faziam fila para a escuta, momento no qual cada um se reunia ao mestre, só com ele, por cerca de cinco minutos para desabafar. Havia uns poucos tácitos, apenas mantinham a mirada no iluminado, até entrar em ebulição, num estado puro de regozijo.

Talisca passou a varrer o chão do barraco, cuidar da alimentação e da hidratação de Saimon. Também controlava o tempo de escuta, além de outros detalhes imperceptíveis à maioria dos fiéis. O Pirata se fez de arisco com ela, incomodado com sua presença em lugar santo. Foi removido não apenas pelo próprio Levita, mas também pelos seguidores próximos. Ficou em matutação isolada, retornando à tenda sagrada após três dias, talvez por imitação ou então por acreditar na necessidade desse tempo específico. Foi recebido.

Talisca gostava de chegar cedo na tenda sagrada. Por insônia, ou por ter o descanso roubado pelas lembranças. Algo naqueles afazeres a transportava para a infância na igreja. Como aquele dia, há tanto tempo, quando perguntou à mãe se travesti podia frequentar a igreja.

– Pode, se abandonar o pecado, pode sim.

–Beber é pecado?

– É.

– Então as pessoas que bebem podem ir na igreja, mas a travesti não pode?

– Poder pode. Mas tem que abandonar o pecado.

– De que lado da igreja a travesti deve sentar?

A mãe pegou o véu, o hinário e se fechou no quarto.

Todos os dias chegavam presentes dados ao Levita. Comidas, bebidas, guloseimas. Talisca destinou um canto do barraco a abrigar os objetos deixados para receber a bênção no lugar de quem não podia estar ali. Tinha fotos, roupas de bebê, bonés e chapéus, meias, chaves de carro, de moto, de casa, copos d'água, velas e flores.

Talisca tomou a frente do cuidado, praticou a gentileza, sozinha em seu esforço, posto que o Levita ficava sentado sobre um punhado de ar. Ele se juntaria a ela nas tarefas em algum momento? Astuta, resolveu fazer um teste.

Deixou de varrer a tenda sagrada por sete dias. Nesse tempo viu a sujeira acumular, e o mestre não se manifestou. Talvez ele não tivesse notado, seus pés não pisam o chão há alguns meses. Decidiu, então, fazer um segundo experimento.

Deixou de levar o alimento ao mestre por um dia inteiro. E, cada vez mais cismada, assistiu ao Levita jejuar, com uma espécie de alheamento. Talisca refletiu pela terceira vez e teve a iniciativa de comunicar ao mestre o ocorrido. Saimon nada disse, embora em seu semblante fosse possível captar certa melancolia.

Quando o fixava por muito tempo, via uma mancha branca atrás do pastor. Talisca acreditava ser um sinal divino. Depois, descobriu ser ilusão de ótica.

O homem do púlpito tirava mensagens gloriosas de frases isoladas do livro sagrado. Um fio solto de onde se tecia um discurso para entocar dentro dela certas ideias.

No mercadinho perto de sua casa, a travesti do açougue tinha o poder de fazer todo o entorno desaparecer. E não era ilusão de ótica. Diante do balcão, Talisca esqueceu qual mistura a mãe pediu. Saiu para andar pelos corredores estreitos, fingindo escolher alguma coisa, até se lembrar. Damara entregou a carne e viu seu pescoço vermelho, a mão tremia com uma folha de caderno dobrada. "A gente pode conversar?". Damara virou as costas. Dias se passaram sem sinal de retorno. Até que apareceu na saída da escola, passou em sua frente e deixou cair a bolsa. Abaixaram. Damara firmou data e horário para o encontro.

Sentada sobre o colchonete, Madalira massageava o pé de Talisca. Apertava o calcanhar com vontade:

– Nervosa? – perguntou, recolhendo o pé.

– Ah, desculpa. As coisas tão mudando rápido demais.

– A notícia tá se espalhando. Cada dia tem mais gente na tenda.

Madalira tirou uma folha de arruda, amassou entre os dedos e começou a cheirar.

– Será que foi certo trazer ele aqui?

– A ocupação agora tá na boca do povo. – Talisca esticou as pernas, tentou aproximar as mãos dos dedos dos pés, parou.

– Sabe o que me incomoda? Ele não parece bem não. Só fica lá sentado. Nem comer ele come se a gente não levar o prato.

Madalira estralava os dedos.

– Conta de novo do despejo?

Talisca suspirou, ajeitou o cabelo atrás das orelhas e cruzou as pernas.

– A polícia rompeu as barricadas que a gente fez na entrada do prédio e soltaram bomba de gás. Eu ouvia o povo tossir e criança chorando. Tudo escuro. A gente foi subindo as escadas até os andares superiores que ainda não tinham passado por reforma. A polícia também gritava, ofendia a gente. A subida ficou mais difícil porque tinha escombro no caminho. Para subir na cobertura, tinha uma escada de madeira. A gente ia passando as crianças com camiseta enrolada na cabeça por causa do gás. As mulheres tentando achar seus filhos, os homens dando a posição da polícia, que já estava quase no encalço da gente. A gritaria ecoava e tinha um cheiro de mofo no ar abafado. Quando terminou, a gente subiu. Lá em cima tinha um vento, o céu carregado acima de nós. Fechamos a portinha do terraço e esperamos. Quando a polícia começou a querer arrombar, começou a chover...

– Como dar conta disso aqui? Não tem terraço no Vale.

– A gente dá nosso jeito. Não tem já as coisas preparadas? A gente usa o que já tem e cria mais formas de resistir. Se todo mundo ajudar, a gente consegue.

Madalira deixou a folha de arruda cair no chão. Talisca argumentou:

– Acho que a gente precisa ver esse negócio do Saimon, Mada. Ele precisa de ajuda, sei lá. Eu tenho que fazer todas as tarefas na tenda. Também não é certo.

Madalira soltou o coque e deitou ao lado de Talisca. Esta descruzou as pernas para dar espaço no colchonete.

– Ah, ele deve tá processando o que tá acontecendo também.

– Que processe contribuindo com as tarefas, ué.

– Também não é pra tanto, né?

– Como não é pra tanto?

Madalira não respondeu.

– Você que apareceu com ele que deveria pegar pra criar. Não eu.

– Quando ele chegou você disse que queria cuidar do espaço, que era importante para você.

– Uma coisa não tem a ver com a outra. Madalira, eu não quero um Joabe, entendeu?

Madalira ergueu o corpo. Encarou Talisca por um tempo, deitou e virou de lado.

Talisca saiu.

Ao longo dos dias, começaram a aparecer visitantes na entrada da ocupação. A mídia entrou em contato com a direção do movimento, tentando marcar entrevistas. Queriam de todo o jeito filmar a Tenda do Levita. João Bola, um dos responsáveis pela segurança, derrubou um *drone* com câmera tentando registrar imagens sem autorização. A Polícia Militar se instalou, proibindo a circulação de carros e motos nas ruas próximas ao acampamento. Nem as bicicletas dos integrantes do movimento, trabalhadores de aplicativos de entrega, puderam passar sem revista. Havia pessoas estranhas ao bairro circulando e fazendo perguntas a todos que se dispunham a dois dedos de prosa. Corriam rumores de serem policiais, agentes da subprefeitura ou repórteres.

Na internet os comentários se dividiram. Havia os defensores fiéis, depositando toda a fé naquele líder silencioso. Da mesma forma, outros se colocaram a xingar e caluniar a ocupação, o Levita, e todos que passassem perto do lugar. Se destacava um pastor que, indignado, vociferava em frente a uma câmera de celular, cuspindo palavras e saliva, deitando toda sua ira contra o movimento popular e quaisquer ídolos que pudessem, porventura, surgir.

– Irmãos, não se pode chamar qualquer um de Levita do Senhor. A gente anda na rua hoje, quer dizer, e vê cartazes espalhados por aí anunciando o retorno do Messias na figura de um tal levita. Vejam, irmãos, Deus manda dizer que é preciso ter cuidado com o falso profeta. O que tá na Bíblia? Na verdade, todo crente é sacerdote do seu Deus Todo Poderoso, irmãos, quando ministra culto de adoração ao Senhor. Mas levita são os que cuidam da casa do Senhor, seus zeladores, seus músicos. Nenhum de nós pode se dizer levita sem cumprir esse papel. Muito menos um enganador, capaz de levar milhões ao delírio com um truque barato de circo, irmãos. E aqui vos pergunto: Por que chamar de levita do Senhor um sujeito que, dizem, dizem, tá, e não há comprovação, que seus pés não tocam o chão? Existe na palavra de Deus alguma coisa sobre um homem assim sendo nosso Salvador? Caso a resposta a qualquer uma dessas perguntas seja um não, então também não se deve apelidar qualquer um de levita, pois de fato não é. Nem levita e tampouco Messias. Sejamos bíblicos, irmãos.

Eis que o pastor, chamado Márcio, tinha um sincero desejo de lutar contra todo e qualquer tipo de aproveitador da fé. E, tendo presenciado uma aparição pública de Valdir, juntando dinheiro para o suposto templo do levita, segundo ele sendo erguido na ocupação, ficou ainda mais desconfiado. E, no auge de sua indignação, fechou a igreja pequenina onde ministrava cultos para meia dúzia de fiéis, entregou a chave ao seu velho tio, dono da garagem-templo improvisado, e partiu para o Vale do Sol no intuito de desmascarar o enganador com suas próprias mãos.

Não teve tempo de conhecer o alvo de seu ressentimento. Justamente naquele dia Talisca acordou Madalira mais cedo:

– O levita foi embora. Eu resolvi levantar cedo para tratar das coisas da Tenda e quando saí, o levita já ia mais alto do que a bandeira do movimento. Foi subindo e subindo e virou um ponto só, até que desapareceu. Ainda caiu uma garrafa de uísque do meu lado no chão. Era o uísque da oferenda do povo – piscou algumas vezes – O que eu faço agora?

Madalira deu de ombros.

– Vai lá na Tenda e explica, a cada um, o acontecido.

– Mas ele sumiu no céu, gente, você não tá escutando? Eu vou continuar como se nada tivesse acontecido?

–Você não precisa fingir. Vai contar a cada um o milagre do levita e vai ensinar, a quem quiser ouvir, os ensinamentos dele.

– Se for pra ensinar o que é sabido do levita, prefiro fazer também voto de silêncio, né?, assim me mantenho mais fiel.

Dulcino, um dos membros da coordenação do movimento, chamou por Madalira e contou de uma mulher com três crianças na Praça da Jabuticabeira.

– Eu sou mulher de Saimon, ele sumiu de casa faz mais de mês. Fiquei sabendo que ele tem uma tenda especial aqui pra esses lados.

Madalira coçou a nuca.

– Você mora aqui no Vale, não mora?

– Tô com dois cômodos de alvenaria no final da rua da Birosca, lá embaixo.

– E você não veio antes por quê?

– Onde tá o Saimon? – perguntou incisiva, parecia irritada.

Madalira soltou o ar e segurou os braços da mulher, como quem ampara. Melhor não falar na lata.

– Qual seu nome, companheira?

A outra demorou para responder. Ser chamada de companheira era uma coisa com a qual se recusava a se acostumar:

– Eu me chamo Selma, esse é o Fábio, Karen e Jeferson.

– Vocês estão com fome? Tá saindo um café, é capaz de ter ainda umas frutas. Vamos lá na cozinha coletiva. Você já participou das assembleias? Parece que já vi você por lá...

Quando saiu levitando do Vale do Sol, Saimon estava inconsciente. Dormia? Sim, parecia um sono, embaço na vista. Não sabe ao certo quem ofertou o uísque, mas apareceu na Tenda, em meio a tantos outros presentes recebidos de fiéis, a garrafa. Resistia dia após dia, ela ali, fácil, ao alcance das mãos. Quase pediu para Talisca levar embora. Ela até chegou a falar com ele, mas nada sobre a bebida. Ninguém notava uma garrafa de Red Label ali?

Seu menino mais velho, Jeferson, mijava na cama. Tentaram levar pra urinar de madrugada, proibir líquidos de noite... Nada surtiu efeito, amanhecia molhado, aquele cheiro forte, impregnado na cama, na casa.

Saimon chegou alto de cachaça e bateu no menino. Também não funcionou.

Selma fez promessa, andava de terço pra lá e pra cá.

–Vai rezar pro moleque não mijar na cama agora? – ele perguntou.

– Vou.

– Deus tem mais o que fazer, e eu também. – Bateu a porta, rumando para a praça do coreto.

Teve aquele Natal. Ele chegou bêbado, comeu os restos do frango assado e viu os embrulhos de presente. Selma comprou com o décimo terceiro dela. Sapatos pros meninos. Uns brinquedos.

Ela dormia na cama, junto das crianças, tevê ligada passando *show* de gente famosa. Sentou ali perto, no chão mesmo.

O Natal tinha ido sem ele. A verdade é que, se sumisse no mundo, a vida da família continuaria quase a mesma coisa. Que diferença ele fazia? Bebia o que ganhava na maior parte do tempo, quando ganhava. Levava um tanto para casa, deixava lá em cima da geladeira, no potinho. Dinheiro para pão, para uma passagem avulsa. Para um miúdo qualquer. O grosso mesmo quem bancava era Selma. Todos sabiam disso, mas ela continuava agindo como se não sustentasse a casa.

Brincavam de casinha. Eu sou a mamãe e você, o papai. Não precisa falar, não precisa trazer nada para casa, só fica aí sentado, veja a tevê umas horas e vá dormir para acordar cedo no outro dia.

Cadê aquele homem que ele deveria ser?

Levantou, tomou um banho e acordou a mulher.

– Vai dormir aí toda torta, acorda com dor.

– Feliz Natal pra você também.

Deitados na cama de casal, pareciam até parte de alguma coisa. Mas Saimon viu a casa de outros. Os enfeites, a roupa de cama, o reboco ainda sem pintura das paredes. Nada ali foi feito por ele, escolhido por ele. Nada ali era seu. A não ser o título de homem da casa.

Não é à toa que a cunhada vivia comentando. Com certeza falava dele, sobre sua folga, sobre seu cargo fantasma de marido na família. Sobre a miséria do dinheiro ganho. Jamais teve coragem de dizer na sua cara, é verdade, mas dizia sim, enchia a cabeça de Selma, certeza:

– Não sei o que você tanto implica com minha irmã. Dalva nunca falou um "a" de você.

– Sei. Cobra a gente escuta o chiado é de longe.

De vez em quando ela vinha para jantar com o marido, este sim, legítimo e ocupado em seu cargo de macho, com aquela profissão de analista de sistemas, todo mundo sabia o nome, mas ninguém sabia explicar.

Umas tantas cervejas e Saimon começava:

– O que que você faz mesmo, Valter? Analisa sistemas?

Mais algumas cervejas, a atenção se voltava à cunhada:

– Essa semana foi duro lá no trabalho, sabe? Final de mês ninguém tem nada, só vejo moeda de vinte cinco. Uma miséria.

Sentados em volta da mesa, estavam Selma, a irmã e o cunhado. Eles disfarçavam o desconforto de ir na ocupação. Mantinha seus filhos dentro da casa, sem contato com outras crianças do lugar. Saimon, aboletado na cadeira, falava sem parar.

– Você acredita que me jogaram uma garrafa de vidro essa semana? Por pouco não acertou minha cabeça.

Na televisão, o programa dominical. Do quintal vinha o ruído das crianças brincando.

– Chega de trabalho, homem. Domingo já é triste sem lembrar o que nos espera amanhã, imagina lembrando.

– E a patroa, Selma, volta de viagem essa semana mesmo?

– Se volta, a família inteira. Capaz de a gente ganhar alguma lembrança.

– Meu sonho é ir pra Disney. Imagina, amor?

Saimon se levanta. A cerveja acabou, vai pegar outra na geladeira. Selma vai em seguida.

– Quer uma latinha, Valter?

– Quero não. Na verdade, a gente já tá de saída, né, amor?

– É, é sim... – responde a esposa – vou chamar os meninos.

Visitas partindo, falação, pote com sobra de comida. O carro indo embora e a família no portão da ocupação acenando.

– Já foi a jararaca.

– Você implica muito com minha irmã.

– Eu implico? Você sabe o que eles falam quando eu não tô por perto.

– Falam nada. Cuida dessa sua sanha, rapaz. Oxê.

– Aí, agora a culpa é minha.

– Minha irmã nunca falou nada de você nem do seu trabalho nem nada. E quer saber, quem tem vergonha de guardar carro é você. Aí depois fica aí, achando pelo em ovo.

Aquilo foi como um punhal. Andou na frente da família, entrou na casa só para pegar o dinheiro no pote em cima da geladeira. Bebeu naquela madrugada e dormiu na rua. No Vale tinha hora pra fechar o portão.

Voltava e lá estava Selma.

O mesmo cumprir de obrigações, a mesma voz macia, a paciência, o carinho. A mulher não perde a cabeça. Para Saimon tá errado, uma bosta, e ela lá, aprontando comida, passando roupa, arrumando a mochila dos meninos.

– Você não se zanga, Selma?

– Zango. E peço pra Nossa Senhora força pra continuar. A nossa vida é boa, homem. Tem gente pior ainda. Reclamar chega a ser pecado.

E fez o sinal da cruz.

– Às vezes, a gente gasta tempo reclamando e não toma as atitude que precisa tomar. Você precisa ser uma pessoa prática, Saimon.

Por que logo ele tinha começado a levitar, afinal? Qual era o sentido?

De certo pra Selma era milagre. Mas Saimon não se sentia santificado. Era o mesmo homem, só se deixou levar pela situação. À beira da Marginal, aceitou o fato. Parecia razoável receber atenção, tanto tempo guardando carro sem consideração de ninguém.

Era incrível ver aquela gente fazendo fila para vê-lo. Sensação boa a de fazer o bem, mesmo que o bem fosse só ficar ali, parado, em silêncio.

Tinha mesmo medo de Selma aparecer, dos filhos o verem ali dando atenção pra toda aquela gente, sendo que ele nem brincava direito com os pequenos. Onde estaria Selma e as crianças? Ela não apareceu naqueles dias. Com certeza estava sabendo. Estaria brava?

Resistiu o quanto pôde, mas um mantra tomou sua cabeça: Só um trago. Ninguém vai ver, é de madrugada. E aí bebeu, bebeu todo o uísque e flutuou cada vez mais alto. Foi indo, indo... Se foi ao céu e levitou até pousar em algum lugar.

LIVRO DO VALE DO SOL

Da paixão e da fé

O sol ainda não apareceu no Vale, mas muitos já se levantavam para a lida. Os ruídos começavam miúdos, remexer de lona e bocejo.

Quem tinha casa de alvenaria começava a bater panelas e ligar chuveiro. O cheiro dos sabonetes e *shampoos* no vapor dos banhos se misturava ao aroma de café passado na hora.

Quando Madalira chegou, Stefany abria o janelão da cozinha comunitária e posicionava os galões sobre o balcão: café com açúcar e leite com achocolatado. As canecas, empilhadas em um arranjo impossível de tão tortuoso, não desabavam por um milagre, mesmo com todas aquelas pessoas passando para tirar uma peça da composição.

Ramo de arruda na mão, Madalira pescou duas canecas:

– Dia! Tem água quente, Sté?

– Tem no fogão, Madá.

Entrou na cozinha, colocou o ramo e despejou a água quente. Tampou com a mão:

– Quer chá?

– Se quero. Hoje o dia tá cheio.

– Você consegue ir na reunião mais tarde?

– É hoje?

Madalira despeja boa parte do chá em outra caneca e oferece para a moça.

– Vai lá, a Dona Nita precisa da gente, ela tá exausta, Sté. A gente precisa se unir.

Stefany deu um gole.

– Combinado, então. Mas olha: precisamo de mais xepa.

– Eita. Vamo puxar esse tema lá também pra gente resolver.

Ao longo da fila do café aparecia criança, adulto e idoso se dependurando num início de vigília frágil, alguma falação surgia, curta.

Stefany foi até a porta aberta, chamou Caramelo com um assovio e deu um punhado de cascas de cenoura ao vira-lata. Giovana entrou na cozinha e pegou o cesto e o saco de milho seco. Parou na porta.

– Venha Sté, vamo fazer um vídeo rapidinho.

– Eita, que eu tô cheia de coisa, mulher, a louça do café não se lava sozinha. Olha, leva esse saco lá pro Roberto, é pra composteira, tá? É pouco, a xepa tá magra. – disse a outra secando as mãos do avental antes de colocar do lado de fora o tambor das canecas usadas. Mal posicionou o trambolho, começaram a despencar peças lá dentro. O barulho não atrapalhou Giovana.

– Bom dia, povo lindo! É cedinho ainda, acabei de levantar e já vou tratar das nossas crias aqui do Vale do Sol. Aqui tem milho, ó, e o cesto, se Deus quiser, volta cheio de ovo fresquinho do galinheiro. Tô aqui com a Stefany, cozinheira da ocupação, arrasando aqui no café da manhã pra turma que sai cedo trabalhar, né, Sté, manda um oi pro pessoal.

Giovana estava há quase um mês no Vale do Sol. Chegou fugida de um sítio pequeno no interior, onde morava com a família. Ela gostava de lá, mas se aborrecia deles não levarem a sério sua vocação para artista. Quando a viam gravando ou tirando foto, diziam ser coisa de gente besta querer aparecer assim.

– Gente besta é vocês, caipiras, com cabeça pequena. Nasceram de antolho.

Viu o levita na televisão e partiu de madrugada na surdina. Deixou apenas um par de viseiras de cavalo na porteira do sítio com um bilhete: "Fui descobrir outros caminhos". E estava agora com seu perfil nas redes sociais, compartilhando o dia a dia da ocupação. Cedo tratava das galinhas e em seguida ajudava Dona Beguina no atendimento do bar-mercearia.

Stefany, a jovem cozinheira, chegou ao acampamento dos sem-teto alguns dias depois, mas também foi acolhida por Dona Beguina, proprietária do lugar.

Antes de ir para o Vale do Sol, ela trabalhava em um restaurante do bairro onde morava, usava seus braços graúdos para acomodar cubas de arroz e feijão no banho-maria. Aprontava marmitex e prato feito o dia todo pra pagar o aluguel de dois cômodos.

Saiu também da casa dos pais cedo, com o pretexto de ser cozinheira e abrir seu próprio restaurante. A família apoiou o plano, sem poder ajudar em muita coisa. Foi atraída também pela figura do profeta calado e pela ideia de viver em um lugar sem pagar aluguel para juntar dinheiro pro seu negócio.

Chegando na ocupação, apaixonou-se pela cozinha coletiva. A ideia de uma cooperativa de alimentação a encantara. Por isso, ofereceu seu serviço à comunidade e passou a fazer parte da equipe de Dona Nita.

A amizade com Caramelo se deu ao longo dos dias. O vira-lata rodeava a cozinha e a seguia para todo lado, sentindo o cheiro da comida, impregnado nela. No início tentava espantar o bicho. Mas aí um dia o viu com a língua de fora às duas da tarde, aqueles olhinhos alegres não se abatiam com nada. Ofereceu umas cascas de batata separadas para a composteira. O cão comeu tudo e conquistou a cozinheira. Ela então criou o hábito de dar pra ele um teco de alguma coisa quando terminava o serviço e ia pra Birosca.

O cheiro de peixe chegou de manso. Da Jabuticabeira ouviu o grito:

– É peixe hoje! É pra fazer hoje, o Japa disse.

Os rapazes deixaram a xepa em caixotes empilhados na entrada da cozinha.

– Hoje vai ter ensopado de peixe então. – Stefany alisou o avental e chamou o garoto com o braço – Biel, ô Biel! Pergunta pra Dona Nita se ela tem um pingo de dendê por lá. É pro peixe de doação do Japa.

Após a ascensão do levita ainda chegam muitos ao Vale do Sol. E, apesar da boa vontade em receber os novatos, faltava caibro e lona pra tanta gente despreparada.

Madalira fazia o cadastro dos candidatos ao acampamento pela manhã. Acabada a venda do pão doce, ela assumia a mesa debaixo da Jabuticabeira com sua prancheta de madeira.

Com o movimento reforçado, o jeito foi encontrar abrigo provisório para os necessitados e começar a arrecadar soma suficiente para a construção de novos barracos. A regra era cada um levar o seu material para levantar a tenda, mas muita gente não tinha maneira de arranjar o essencial.

Nisso Giovana ajudava, sua conta das redes já tinha alguns milhares de seguidores, muitos deles simpatizantes interessados em saber do dia a dia do acampamento e ajudar na arrecadação para a ampliação da luta.

Dona Beguina, tocada pelo desamparo dos jovens, acolheu logo três para ficar na sua casa: Giovana, ou Gio do Vale, como era conhecida na internet, Stefany, a cozinheira, e Dulcino, entregador-motoqueiro.

Dona Nita gostou da ajuda de Stefany, já andava sobrecarregada com a soma das tarefas da direção do movimento e as fornadas de seu pão doce. O cheiro de baunilha era a tentação do lugar, aparecia até gente de fora do Vale para levar suas dúzias de pães feitos pela senhora corpulenta sentada no banquinho debaixo do Pé de Jabuticaba.

Os doces ficavam expostos em caixas retangulares de plástico, protegidas pelo tule branco. Com um leque de madeira, a vendedora afastava moscas, arapuás, cães e algumas crianças pidonas.

– Minha mãe falou pra buscar dois pãozinho, Dona Nita.

– Ela mandou o dinheiro?

– Mandou não...

– Então peça pra ela passar uma mensagem pra mim no celular, sem essa autorização eu não libero doce pra criança, tá bom?

O pequeno ficou murcho.

– Se quer pão de graça, Felipinho, passa em casa lá pras seis da tarde, eu dou a sobra da venda, você sabe. Mas aí tem que enfrentar fila. Agora, pão fresquinho não posso dar, eu trabalho pra viver, já faço demais por esse lugar, viu? Ó, faz essa cara não, se você acha que eu sou ruim, a vida lá fora é pior, visse?

O menino correu para encontrar o irmão mais velho, Bielzinho, e avisar sobre o fracasso do plano.

No banheiro coletivo, a fila estava grande, uns tantos de toalha no ombro, escova de dentes na mão. As mães carregavam bolsas com as coisinhas de cada criança. Os quatro chuveiros ligados obrigavam cada qual a falar mais alto, as pelejas dos pequenos, com um choro sentido.

Um tanto assim de gente reclamou quando chegaram os irmãos e a mãe de Bielzinho, trazendo bebê de colo, para entrar na fila em sua frente.

– Assim ninguém toma banho, cada um traz a renca da família.

– Ah, dá um tempo, gente, até parece que nunca cortaram uma fila na vida – defendeu o menino, irritado com o choro do irmão pequeno, querendo ainda o pão doce.

Na torneira, a fila era de gente com vasilhame. Estas eram as opções para os da lona: usar o banheiro coletivo ou pegar um tanto de água e se limpar na tenda. As que tinham bebê pequeno pegavam um pouco numa panela para esquentar no fogão e enchiam seus baldes de plástico.

Uma lama vermelha se formava por ali. Onde a umidade era intensa, o mato não conseguia sobreviver. Só umas pequenas ervas de brejo tentavam a vida naquele lugar, mas eram pisoteadas pela aglutinação.

A torneira gritava esganiçada, pressionada pela água. Com os pés chapinhando no barro, os que chegavam perto enganchavam seus chinelos de dedo nos braços, perto dos cotovelos.

Os cães e gatos aproveitavam a poça fresca para matar a sede. Uns corriam em algazarra com as crianças, outros, já velhos, andavam a trombar nas pernas do povo. Entre eles, caminhava Caramelo, vira-lata também amigo de Bielzinho.

O falatório crescia. Dulcino, na fila da torneira, contava sobre o Baile dos Meninos, da polícia cercando a massa, dos colegas meio bêbados perdendo a brisa com o pânico da morte. Emocionado, contava a sobre sua fuga:

– Se caio no chão a multidão me pisa. Ché, virei nos trinta, abaixei e me escondi debaixo dum carro lá, fi. Saí ileso.

As crentes reviravam os olhos, outras riam da malandragem do moleque. Mas uma parte dos ouvintes ficava pensando se, de repente, não morreu um dos seus no acontecido.

Dulcino mesmo se lembrou das mortes que conheceu de perto. Seja beijando o chão nas entregas, seja nos enquadros da polícia, nos corres... Nem que fosse um gato, sete vida é pouco pra quebrada. Dava de ombros, acostumado com a ideia. Nem na ocupação estava a salvo. Se bem que, estar ali e fazer acontecer o movimento, colocava nele uma chama de vida ao ponto de até certo medo desabrochar. Agora tinha mais a perder. A sua mãe andava orgulhosa, chegava a aceitar melhor sua pessoa. Era cria zica, rapaz de bom coração.

Na sua vez, molhou a cabeça debaixo da torneira, respingando em todos por perto. Com essa água fria na cara mais o café já dava para se manter de pé até o almoço. Segunda é dia de trampo. Puxou, cortou e raspou, empinando lá em cima, relando os dedos no asfalto. Essa parte não contava pra mãe. Nem tudo a velha pode manjar.

Na ocupação, Dulcino morava com Dona Beguina e suas agregadas. Foi um dos primeiros a chegar com a notícia do homem sagrado do movimento sem teto. Arrumou as malas e partiu pro Vale, deixando a mãe no barraco e o aviso: Volto com casa própria.

Passando pela Jabuticabeira, parou a moto perto de Madalira. A moça amassou uma folha entre os dedos e passou em seu capacete, ainda pendurado no braço.

– Hoje tem reunião, tá? Ás sete. Não atrasa. E ó: se cuida.

Ela deu um tapa no casco, Dulcino o vestiu, abriu a viseira, acelerou e partiu, deixando poeira para trás. Madalira puxou a gola da camiseta vermelha sobre o nariz e a boca.

Os moradores dos cômodos em alvenaria se arrumam e tomam café no privado. Não era proibido fazer refeições em espaço particular. Esses ainda vão buscar um pão doce na Jabuticabeira ou leite na Birosca da Dona Beguina, que abre as portas cedo por causa do movimento matinal.

Há compras de biscoitos, danones e guloseimas. Uma gente que ganha um pouco mais do que um salário-mínimo, sem o compromisso do aluguel, consegue dedicar uma quantia às regalias.

E assim já se ouvem panelas de pressão chiando, exalando aquele cheiro de feijão ainda cru. As crianças gritam e correm por todo lado, os cachorros começam a latir para qualquer agitação. Os gatos procuram um canto no alto de umas madeiras para dormir o sono matinal.

Quando o sol alcançava os telhados do condomínio vizinho, saíam uns tantos pela porta, indo fazer fila junto com tantos outros no ponto de ônibus. Poucos saem de moto. Os de bicicleta arriscam pegar algum pedido esporádico nos aplicativos de entrega.

Uma grande maioria de vigilantes e seguranças, manicures e cabeleireiras, empregadas domésticas e diaristas, atendentes e varejistas, além de ambulantes. Há os vendedores de trufas, sonhos, bolo de pote e chicletes. Os guardadores de carros saem também cedo para alcançar os primeiros fregueses.

As crianças, em uniforme e chinelo, alguns de tênis surrado, saem em procissão para a escola do bairro. Correm e brincam. Bielzinho é o líder da trupe, flanqueado por Isa e Vitinho.

A essa hora o vai e vem de carros na avenida estava a todo o vapor. O ruído do trânsito se juntava ao som alto tocando sertanejo, *funk*, louvor e *rap*. E o cacarejar das galinhas, já alimentadas, no terreno de criação. Ao longe ouve-se o anúncio do carro do ovo.

Os responsáveis pela limpeza se preparavam para encarar o banheiro e a cozinha coletiva. E a equipe de segurança trocava os turnos. As cuidadoras da creche comunitária abriam as portas e janelas do espaço das crianças menores. A biblioteca da ocupação ficava no mesmo salão da creche e, vez ou outra, aparecia alguém para fazer uma devolução ou empréstimo.

Quando Giovana chegava, deixava os ovos na cozinha. Dona Beguina ajeitava os cabelos e passava um perfume. Era hora de João Bola deixar o turno, então, levava para ele um lanchinho: esfiha de frango e um pingado.

Na Birosca se formava uma roda de truqueiros, fazendo dos grãos de feijão a sua moeda. Ficou expresso em assembleia a proibição de jogo por dinheiro. Por esse motivo, a cifra das apostas era repassada na ponta do campinho do Vale tarde da noite. Os afeitos a uma cachaça se acomodavam ao balcão, pedindo sua dose para Gio. Mas havia também os que tomavam seu gole e partiam para o serviço.

Era dia de lixeiro, a todo momento subiam pessoas com seus sacos. O caminhão da coleta não entrava, por isso cada um levava seu descarte nos dias certos. Traziam seus dejetos com carrinho de mão ou em caixas e depositavam na frente da ocupação. Subia um fedor insuportável do qual os vizinhos reclamavam. Mas o que há de fazer? Pediram contêineres e a prefeitura não forneceu.

Perto das onze Valdir apontou no portão da ocupação, carregando uma mala de fitas do levita, estilo Senhor do Bonfim, em muitas cores diferentes. Vieram também, voltando da escola, as crianças. Foi aprovado pelos vereadores da cidade em sessão extraordinária e agora qualquer serviço público oferecido pelo município estava proibido ao povo do Vale.

Pior: o advogado da ocupação comunicou o despejo. Um juiz expediu a liminar. Questão de tempo para a polícia fazer valer a vontade dos machuchos.

– Mas como pode isso? – esbravejou Dona Nita – Biel, vá chamar Madalira na Jabuticabeira, vá.

Da massa falida

O calor empurrava todos para a sombra. Selma se acomodou com as crianças após comerem pela primeira vez na cozinha da ocupação e saberem do sumiço de Saimon.

Meio decepcionada, mas crente da impossibilidade de ir trabalhar, com as crianças sem escola, resolveu ficar ali por perto e ver no que dava.

Morava no Vale do Sol há quase cinco anos com sua família, mas não se aproximou da organização do movimento. Cumpria apenas o necessário para continuar morando nos dois cômodos construídos a muito custo e rezava pela oportunidade de sair dali e conseguir coisa melhor.

Tocada pela recepção de Madalira, decidiu ir conhecer a tal Creche Comunitária. Muitas das crianças ficaram sem aulas e foram para lá caçar o que fazer.

Selma encontrou uma moça miúda, quase desaparecida em meio aos alunos, não fosse o macacão de chita colorido. A educadora subiu no palquinho feito de paletes com um livro grande de capa dura nas mãos. Pelo jeito era hora da história, mas não havia uma ordem no lugar. Algumas crianças continuavam a brincar livres, outras poucas, principalmente as mais velhas, se agrupavam no chão coberto de lona, em frente ao local da apresentação.

A professora tirou uma gaita do bolso e começou a tocar. Mais crianças se juntaram à plateia, outras continuaram distraídas, sem ninguém as coagir. Selma esperava uma interferência para manter a ordem. Porém, ao terminar a canção, ela abriu o livro e começou a ler. Sua voz estrondou pelo barraco.

– Ainda pairavam no ar repressão e violência dos porões da ditadura. Chegou no Brasil um homem rico, poderoso e estrangeiro. Não se tratava de um imigrante comum, vindo atrás de um rabo de esperança, com a mala cheia de saudade dolorida. Vamos pensar nesse estrangeiro como o próprio senhor da riqueza, aquele que retira o lucro, suga a energia vital por onde passa e transforma toda a riqueza em papéis. Um homem bem apessoado, de paletó e gravata, tão agradável na vida cotidiana, até desperta na gente certo encanto... Mas estes papéis ele movimentava em um lugar chamado Bolsa de Valores e, a partir de um jogo de marionetes, comprava e vendia papéis a si mesmo – mais ou menos igual o Chaves no episódio do churros, porém, enquanto o menino da vila tem fome verdadeira, o homem dos papéis têm apenas o desejo de mais e mais, feito saco sem fundo. Existe um nome para isso: ganância. Ou seja, uma vontade enorme de sugar toda a vida para converter em papéis.

A moça gesticulava enquanto lia, um jeito de atriz. As crianças que escolheram acompanhar a contação conversavam entre si, às vezes riam. Uma das menores subiu ao palco e ficou espiando as páginas do calhamaço. A professora continuou:

– Eis que esse homem, aqui o chamaremos Senhor dos Papéis, tinha uma tal empresa que ia – talvez sim, talvez não

– muito mal das pernas em questão de dinheiro. E em vez de usar sua imensa pilha de papéis cheios de valor para pagar suas dívidas, feito gente honesta faria, o Senhor preferiu abrir falência dessa tal empresa, chamada Papel Ltda. E aqui preciso contar nos detalhes: falência é o nome dado pelos ricos para uma coisa que a gente conhece bem, ter mais conta pra pagar do que dinheiro que chegue. Mas a gente fica na miséria, enquanto eles vendem as propriedades da empresa e, se não der pras contas, paciência. Isso tudo aconteceu porque o Senhor dos Papéis tinha lá seus planos melindrosos para pôr em prática. Com essa jogada, os que tinham valores a receber da Papel Ltda., falida segundo a lei, se juntaram para reivindicar o que a eles pertencia, pois precisavam daquele dinheiro. E entre esses credores estava quem? Os próprios trabalhadores! Aqueles que tiveram sua força de vida e trabalho convertida em papéis por anos e anos e agora recorrem à lei, se podiam, como podiam, para reaver salários atrasados.

A mocinha fez uma pausa para um gole d'água e, ao se virar para a garrafinha, avistou Selma e os filhos. Sinalizou para sentarem junto à plateia.

– Eis que o Senhor dos Papéis chegou para os credores – os que tinham valores para receber da empresa falida, entre os quais os trabalhadores – e, com sua lábia-labirinto, seu discurso meio enganador, meio intimidador, faz a tal oferta generosa: [voz grossa, imitando o personagem] "Compro a dívida da Papéis Ltda de vocês, para evitar transtorno maior de tudo quanto é trâmite, não pelo valor que vale, posto que não seria justo com nenhum de nós, uma vez que, se continuássemos nessa brincadeira, nem tudo ficaria com vocês. Haveria gastos inúmeros no processo, arrastado por anos, multiplicado pela dor de cabeça, dividido pelos cabelos brancos, daria quase no que ofereço: um terço do valor original".

[E voltando à voz normal] Meio sonolentos e com medo de perder a vida em um processo infinito, os credores, uns mais crentes na honestidade do trâmite, outros menos – mas todos sem dúvida com contas a pagar e precisados do dinheiro – aceitaram o acordo com o Senhor dos Papéis. E receberam, portanto, um terço da parte dos papéis a que tinham direito. [Ela mostrou no livro uma gravura representando a fração] – De posse dessas dívidas, o Senhor dos Papéis viu que era bom tudo aquilo que fez. Bom para si mesmo, óbvio. E resolveu, portanto, descansar, indo viajar pelo mundo com sua esposa e filhos.

Selma observava a moça. Não parecia só estar no ofício de professora, ela estava se divertindo:

– O Vale do Sol era, até então, parte da massa falida da Papéis Ltda criando bicho e mato, esse terreno rendia milhões em dinheiro a cada ano, de acordo com uma lógica própria dos papéis – a especulação imobiliária –, que converte a força vital do espaço da cidade em lucro puro e simples. Se ao Senhor dos Papéis interessasse retirar seu capital cultivado naquela terra, ele deveria então pressionar o poder público para fazer um leilão da área e pagar as dívidas e, nesse caso, o próprio Senhor dos Papéis completaria seu plano de mestre: multiplicar sua riqueza a todo o momento, sem importar as circunstâncias. Mas o Senhor dos Papéis não contava com uma coisa, não é mesmo? Desde a primeira injustiça deitada sobre a terra, surge em algum canto uma fresta. Uma amostra de outra vida. Essa fresta vai brotando, não importa a situação. E de um nada se levanta a poesia, repleta desses tantos lutadores. Mesmo quando esquecemos da revolta, e vamos nos deitar serenos de uma paz mal dormida, ainda assim conseguimos parir nem que seja um cisquinho de mundo diferente. Para a rebelião nascer, basta que nossos corpos machucados de disciplina exerçam poesia e o levante ganhe *status* de *modus operandi*. Por isso, eis aqui a história do recomeço, das cinzas do fracasso e da mentira, nos erguemos, populações inteiras florescidas e indignadas no Vale do Sol.

Algumas crianças bateram palmas, um grupo pediu para ver o livro de perto e as outras começaram a se espalhar pela sala, procurando recreio. O rumor de suas vozes crescia. Selma, impressionada com a história e com a iniciativa de contar assim, ficou observando a moça mostrar o livro para os pequenos e guardar na prateleira.

Gabi foi em sua direção:

– Pois é, ninguém imaginava que todo esse rocambole da Papel Ltda ia dar de encontro com uma ocupação por moradia. Mas o terreno abandonado, cheio de mato, rendendo milhões, onde tinha desova de cadáveres e estupros, escorpiões e descarte de lixo foi escolhido por uma tal pessoa – que hoje nem se sabe quem é e provavelmente já tenha até se mudado daqui – pra levantar uma casa de madeira, um barraco simples. Aí foi juntando um e outro e surgiu problema coletivo para resolver e foi chegando gente e foi se organizando o movimento.

A moça abaixou na altura dos meninos:

– Podem ir brincar, tem muita coisa legal aqui e amiguinhos também.

Os pequenos, meio tímidos, viraram para a mãe.

– Podem ir, mas fique por perto.

Jeferson cochichou no ouvido da mãe:

– O que é modaperandi?

– Não sei, fio. Depois você pergunta pra profe.

A moça de macacão deu um passo à frente.

– Eu não me apresentei, desculpa companheira, sou Gabi, educadora da escola infantil do Vale do Sol.

– É você então que cuida dos menino?

– É, sou cuidadora de profissão.

– E cuidado é trabalho?

– Toda energia usada pra dar valor às coisas é trabalho, companheira. Educar as crianças, os trabalhadores desse mundo, é trabalho sim. E desvalorizado.

Um menino tropeçou e caiu. Gabi deu a mão para o pequeno se levantar.

– Estranho pensar nisso, né? Toda energia que a gente emprega em algo que produz um valor, seja pra gente mesmo ou pros outros, é trabalho.

Selma não sabia se concordava com aquilo.

Sua vida toda foi cuidar dos outros. Primeiro dos irmãos, dos patrões, também das crianças e do marido. O cuidado natural, próprio da sua condição de mulher, era na verdade um trabalho? Não. Parecia errado. Tentou experimentar uma palavra parecida. Todo cuidado é um serviço. Piorou.

Cuidar é valoroso. Isso ela concordava. Mas dizer que todo cuidado é trabalho não parece certo. Era tão natural, acontecia sem esforço ou palavra para definir. Ela era assim, sempre foi. Fazia o que tinha que ser feito, ué.

Igual quando começou a trabalhar na casa do seu Eduardo. Ele é engenheiro de robôs e coisas do tipo. Aprendizado de máquina. "Ensino as máquinas a fazerem o que precisa ser feito." Sua esposa, Talita, era psicóloga e atendia os clientes em um escritório no centro da cidade. No começo, foi contratada para limpar a casa três vezes por semana. Mas aí, quando ia lá e via as crianças, preparava um bolo, uma sopa. Aí Talita pediu para ela dar uma geral no consultório, na outra semana esqueceu a roupa na máquina e Selma estendeu no varal. De repente as tarefas começaram a fazer parte da rotina. Até passear com o cachorro, Apolo, ela passeava. E o salário era o mesmo.

Mas Selma não via maldade, os patrões eram ocupados e as crianças, tão calminhas, ficavam o dia todo no *tablet*, quase não davam trabalho. Às vezes também, coitadas, ficavam entediadas, e pediam para descer no parquinho do condomínio. E Selma ia, por que negar isso aos bichinhos? E assim foi indo. Na maior parte do tempo era bom.

Uma manhã Apolo desatou a latir sem parar o dia todo no quarto das crianças. Ninguém sabia o que acontecia com o minúsculo, seu corpo tremia em rosnado e o som agudo de seus latidos era capaz de enlouquecer qualquer um. As crianças usavam fones de ouvidos e passavam pelo cão, pulando seu corpo para chegar até a cama.

Selma tentou: deu ração, osso de plástico, comida com molho, até um bocado de fígado preparou para ele. O pequenino comia para, em seguida, voltar ao seu posto em direção à janela.

Ela sentou atrás dele, tentando pegar sua perspectiva. Viu nada. Levou o pequeno para passear duas vezes. Mas era só voltar para casa, para recomeçar a latição.

O patrão ligou:

– Selma, tá tudo bem aí? O síndico avisou de um problema com barulho. Você pode resolver isso pra mim?

– Resolvo sim senhor, tô tentando fazer isso o dia todo.

A patroa, com um tufo de algodão em cada ouvido, pediu para ela acalmar o bicho e saiu para sua consulta.

Quando voltou de lá, perguntou à Selma:

– E não conseguiu dar um jeito no Apolo?

– Ele tá desacorçoado, dona Talita, não sei o que fazer!

A mulher comeu umas torradas, tomou um banho e foi para a academia.

Selma voltou ao quarto e pediu para as crianças irem para a sala. Pegou no corpo do cachorro para verificar se estava ferido. Tentou bater o pé, para ver se o pequeno corria, mas ele não conhecia tal gesto de ameaça. Fechou a janela, abriu em seguida, atordoada pelo eco dos latidos no quarto. E resolveu, então, fechar a cortina.

Quando remexeu o tecido, voou uma mariposa marrom. Apolo se agitou e tentou caçar o inseto com seu corpo diminuto. Com uma vassoura, Selma guiou a traça para fora. Sentou na cama, exausta. Apolo, também cansado, foi deitar em sua casinha.

Quando a patroa retornou da academia, a empregada deu o recado:

– Era uma mariposa atrás da cortina, a senhora acredita, dona Talita?

– Amanhã vou participar de um evento na universidade, Selma, você pode ficar com as crianças?

Precisaria deixar seus próprios filhos com a vizinha até mais tarde:

– Posso.

– Ótimo! Desculpa, o que você tinha falado sobre uma borboleta?

– Nada não, dona Talita. Vou indo nessa.

– Leva o lixo, por favor?

Chacoalhou uma hora e meia no ônibus e pegou os três na vizinha. O corpo moído. Maldita mariposa.

Enquanto os pequenos brigavam pelo controle da tevê e Saimon demorava para chegar em casa, ficou em frente ao fogão. Parada. E tudo ao redor desfocava.

Caco, o velho cão da família, desatou a latir com um barulho da rua. Selma passou no quarto e pegou a cinta. Bateu no cachorro, movimentos ritmados, respiração acelerada. A cada lambada, o bicho gania. Quando terminou, sentou no chão do quintal.

Do vão da porta, seus três filhos observavam, emoldurados pela luz amarela da cozinha.

– Todo mundo pro quarto. Não tem nada pra ver aqui.

Pegou a mangueira e passou uma água no quintal, recolheu a sujeira. Caco veio beber água, rabo abanando. Fez carinho na cabeça dele e decidiu pegar um sachê do Apolo no dia seguinte. Seu vira-lata merecia, coitado, nunca tinha comido uma coisa daquelas.

Deu comida para as crianças e recolheu a roupa suja no chão do banheiro. Preparou a marmita para o dia seguinte e colocou os filhos para dormir. O marido chegou e foi se deitar sem dar uma palavra.

Quando a casa fez silêncio, Selma pegou seu terço e rezou, pedindo para Nossa Senhora multiplicar seu amor. Para não sentir tanta coisa ruim por nada.

Dois meninos brigavam por um carrinho no chão de terra da creche. Gabi foi apartar e Selma saiu do barraco. Usou uma fralda de pano da valise e passou pela testa. Examinou as pedrinhas no chão.

Se cuidar era também um trabalho, que outra coisa ela fez da vida senão trabalhar? Um trabalhar fora e dentro de casa. Um trabalhar sem fim. Buscou o terço dentro da bolsa, e acabou encontrando o ramo dado por Madalira mais cedo. Rogou por coragem e sabedoria.

Comprou sapatos no brechó para os meninos.

– De quem era esse tênis, mãe?

Ela não sabia dizer. E naquele dia perguntou a Saimon:

–Você sabe quanto custa um par de tênis pros meninos?

Ele sabia de nada. Falava nada. A não ser quando sua irmã ia jantar em sua casa com a família. Nessas ocasiões ele tomava suas doses por ali mesmo e ficava falando do serviço de guardar carro:

– Porque hoje jogaram uma garrafa em mim. E semana passada um velho me xingou. Essa semana, se recebi cinquenta reais no serviço, foi muito.

Serviço. Selma não tinha coragem de questionar. Sabia que ele dava duro, sim, mas também bebia a maior parte do ganho. Pelo menos não mexia no dinheiro dela.

E pensar que ele começou a levitar e virou homem santo.

Quando viu o marido na televisão, quase caiu para trás. Estava no trabalho, ainda bem. Lá ninguém conhecia Saimon. Desacreditou. Profeta? Calado sempre foi, pelo menos em casa, mas profeta?

Mais tarde, um céu púrpura trazia a noite quando a vizinha devolveu suas crianças perguntando sobre a notícia do levita.

– Menina do céu, eu fiquei achando que fosse seu marido. Né, não?

– Oxê, é nada.

– Ah, mas é ele escritinho, Selma. Vou pegar o celular pra tu ver. Igualzinho. Não tem como ser outro não.

Aproveitou a deixa para sair de perto. Entrou em casa e tratou das pequenada. Não ligaram a televisão, foram para a cama cedo.

Despejou um punhado de feijão sobre a mesa da cozinha e se pôs a escolher. Os grãos bons iam para a bacia, os ruins ela jogava pela porta, no quintal. A última pessoa que ela imaginou que viraria um santo nessa vida era Saimon. Não fazia sentido. Talvez o milagre fora feito justamente para mudá-lo. Ficou olhando um grão carunchado. O jogou longe e fez o sinal da cruz.

Colocou feijão de molho e catou o terço. Pediu desculpas por ter demorado para aceitar a vontade de Deus. Rezou para Nossa Senhora.

Ainda tenho tanto o que aprender sobre os planos do Altíssimo.

Santo não nasce pronto. A cada um é dada uma oportunidade de mudar a vida de muitos nesse mundo, inclusive da própria pessoa iluminada. Ficou tentando imaginar um anjo visitando seu marido e não conseguiu visualizar a cena.

Deus, acalma meus pensamentos.

No dia seguinte, a vizinha disse que o levita estava no Vale, em uma tenda, recebendo fiéis.

– Você não vai lá não, mulher?

– Vou! Mas essa semana não dá, tem um monte de coisa pra fazer... Eu... vou ver com a patroa se ela me dá o final de semana pra resolver isso.

– Bom, você que sabe da sua vida. Mas não custa nada dar um pulo por lá, eu fico com os três pra você. É só um pulo pra ver ele, fia, não é resolver problema de banco não...

– ...

– Tá, você que sabe. Tem uma fila enorme mesmo. Ia demorar um tanto.

– Pois é. Vou arranjar de comer pra esses meninos. Na minha folga vejo isso.

– Quer que eu leve eles lá amanhã?

Selma já estava entrando em sua casa. Fingiu não ouvir e fechou a porta. Colocou a comida pra esquentar e entrou no banheiro. Molhou o rosto e encostou na parede sem reboco. Saimon ia voltar para casa? Secou as mãos. Sim, ele voltaria.

Que tipo de santo abandona a família? Não... Ele volta sim. É um homem novo.

Reconheceu o fedor e foi correndo ao fogão. O arroz queimou.

– A gente pode ir ver o pai na tenda? – perguntou Jeferson.

– Quando a mãe for, leva vocês. Mas é capaz dele vir aqui ver nós também, né, filho? – respondeu.

Pois Saimon não voltou nem quarta, nem quinta. Sexta tampouco. Selma foi encruando o corpo. A vizinha desistiu de convencê-la. E os dias foram passando.

Os filhos dormiram e ela caminhava pela casa rezando seu terço. Pediu pelo retorno dele, rogou para se libertar daquela rigidez do corpo, os ombros duros. Ouviu um barulho na rua, uns cães da vizinhança se assanharam, Caco arriscou também um latido ou dois.

O marido entraria a qualquer momento. Jogaria as chaves na mesa da cozinha e depositaria suas moedas no pote sobre a geladeira. Tomaria uma ducha rápida, seu corpo molhado enrolado na toalha, o vulto vestindo a cueca e a bermuda no escuro para não acordar os filhos. Se deitaria em silêncio e dormiria.

Ela sentou no braço do sofá. Sua vida continuava a mesma. Nada mudou desde que ele foi embora. Naquele momento decidiu vê-lo, não para cobrar nada, mas para dizer que não precisavam estar juntos.

Agora, parada em meio à ocupação, tentava atinar um caminho.

Antes era simples: por ser mulher lhe cabia o cuidado e ajudar nas contas da casa, mesmo pagando a maioria delas, era parte do cuidado com o marido não questionar a contribuição dele. Tinha dias que questionava? Sim, mas com jeito. Com um conselho.

– Você tem que ser um homem prático, Saimon.

Mas agora, qual era seu papel então? E o de Saimon?

A tarde passou e ela nem viu. Quando percebeu o sol baixando, retornou à creche e deu com a porta fechada. Entrou na Birosca de Dona Beguina e encontrou Giovana passando pano no chão enquanto a velha assava alguma coisa na cozinha, de onde vinha um cheiro bom e um cantarolar animado. Selma lembrou que não havia comido o dia todo.

– Escuta moça, você viu a professora Gabi da creche?

– Acho que ela tá com as crianças lá no campinho, eles vão lá depois do almoço. Sabe onde é? Segue aqui até a Praça da Jabuticabeira e entra pela Viela da Torneira D'água. Aí vai reto que dá lá.

No campinho as crianças brincavam em um canto. Não fosse a terra vermelha, seriam idênticos aos alunos na caixa de areia de uma escola comum, fuçando o solo com pás de plástico. Gabi estava com um menino, que se coçava todo choroso, cheio de brotoejas nos braços:

– Ele foi lá perto do galinheiro e voltou assim, não sei o que é... – disse Gabi, ao notar a presença de Selma.

– Tá parecendo urtiga brava isso aí. Tem que tirar essa roupa e dar banho morno com aveia. Aí só médico pra resolver.

Gabi agradeceu e já estava levando o pequeno choroso pelo braço quando Selma perguntou:

– Você sabe onde estão meus filhos?

– Ah, desculpe, um deles perguntou pelo pai, pedi à companheira Talisca para levar eles na Tenda do levita. Onde vão os fiéis do seu... marido.

Selma apertou um pouco os olhos.

– Eles tão com muita saudade do pai – continuou a professora – Contaram pra mim... sinto muito.

– Agradeço... – pigarreou – companheira. Eu ainda não entendi o que aconteceu, ainda não entendi um tanto de coisa. Mas, se quiser ajuda pra tratar das crianças na creche, posso dar um apoio. Eu tô sem trabalho por enquanto.

Gabi explicou onde ficava a Tenda do levita.

Talisca levou os três e lá criaram um mural de compensado cor-de-rosa. Selma chegou a tempo de vê-la rodeada dos fiéis em frente ao barraco sagrado explicando o acontecido: o levita se foi ao céu.

Pessoas desmaiaram, outras caíram no choro. Era a desgraça! O Salvador nos deixou? Ele vai voltar, não é possível.

Talisca amparou aquela gente desolada:

– Olhando cada companheira e companheiro aqui, eu tenho certeza de que a ida do levita para o céu não é das tragédias maiores já vividas. Em vez de pensar no abandono, vamos olhar para o que ficou? Vamos fazer um exercício: cada um, vai. Presta atenção, gente. Cada um vai se lembrar dos ensinamentos do levita, das coisas aprendidas quando o fogo lhe consumiu a alma. Das ideias nascentes daquela brecha de tempo quando a iluminação percorre o corpo da gente. Quero que todo mundo se lembre. Aqui, eu tenho um caderno e vou anotar. Vamos, você, irmã Carmen, pode começar, vai, vamos colocar no papel.

Após recolher cada um dos produtos da iluminação, não apenas ajudou cada qual a melhorar, mas ainda reuniu o material necessário para seu projeto.

Selma, cercada de suas crianças, foi agradecer a ela pelas palavras.

– Saimon era meu marido, antes mesmo de ser o homem sagrado de vocês. Mas essa levitação me fez aprender umas coisas também. Deus abençoe vocês. – E, virando para Talisca, completou – Tenho uma coisa pro seu caderno, anota aí.

Talisca trabalhou por algumas horas naquela madrugada. Decorou o mural na tenda do levita com as palavras dos fiéis. Findada a tarefa, deitou para descansar junto de Madalira. Antes de pegar no sono, pensou sobre sua invenção.

Cada um leva em si a condição de sagrado também.

Das frases do mural de Talisca, escrito só por ela, mas produzido por uma sinfonia de dores, foi se formando uma poesia. Uma poética habitava o Vale do Sol em cada canto de terra vermelha, todo pedaço de pele ressecada, qualquer lona esticada nos caibros ou parede sem reboco. E tomou forma de palavra no quadro de compensado rosa *pink*.

Da desobediência

Era perto do horário do almoço e o Pirata abria o brechó da ocupação. Trouxe o que pôde da região central da cidade, quando não conseguiu mais pagar o aluguel. Abandonou a loja onde morou e trabalhou por mais de vinte anos.

Agora tem um cômodo onde organiza as roupas usadas, além de uma coleção de vestidos de seda, antigos vestidos de festa, coloridos e incrivelmente fora de moda.

Comprou-os quando a tia de uma amiga morreu de uma infecção causada por prótese de silicone. Na época os negócios iam bem. As roupas de festa da velha foram para leilão e ele arrematou um lote.

Na porta de sua casa, fazendo as vezes de banco, mas principalmente porque desistiu de carregar o trambolho pra dentro durante a mudança, ficava um enorme baú de madeira cheio de moedas antigas, coleção de anos recebida de um tio-avô.

Fosse apenas o baú em si, o apelido de Pirata lhe cairia talvez um pouco mal, mas o homem, que a todos despertava certo desconforto, era caolho. Um acidente lhe tirou o olho e ninguém sabe direito como foi.

Os amigos se afastaram durante a recuperação. Ele próprio foi a única testemunha, mesmo desprovido de sã consciência, a acompanhar a transformação de sua personalidade. O tapa-olho trouxe um ar de decadência à sua figura, as bochechas murcharam e seu corpo passou a apresentar um aspecto raquítico.

Quem deu o apelido foi o vizinho de loja, o Véio do Rock, policial militar aposentado que botou no centro uma porção de roupas e apetrechos para os cidadãos de bem e amantes de *rock'n'roll* – e de liberalismo econômico.

Virou Pirata. Sua expressão tensa, buscando detalhes, beirando a loucura era um adicional. Isso reforçado pelo fato de ele brincar quando implicavam com suas manias de sobrevivencialista: "Louco não, sou quase".

O Pirata, desde que o evento traumático desconhecido lhe levou um olho, tem manias de fim de mundo, ou melhor, do fim deste mundo da forma que o conhecemos. Preparado para o pior, sua vida seguiu um caminho de piora, dando certo sentido às suas manias excêntricas.

O baú estava cheio de moedas e era cobiçado pelas crianças da ocupação, principalmente o Bielzinho, cabeça da turma. Fazia algazarra e planos malucos com o objetivo de resgatar um tesouro escondido, dizia, naquele mesmo baú na porta da casa do Pirata quase maluco.

– Será que é tesouro mesmo, Biel?

– Imagina, se fosse tesouro não tava na porta da casa, pra qualquer um levar.

– Você já viu quanto pesa aquele baú? E outra: seria o melhor disfarce, tratar uma riqueza dessa como se fosse nada, pra ninguém desconfiar.

– Acho que se ele fosse rico não ia tá aqui não.

– Aí que tá. Ele é maluco.

– Mas se ele é maluco não é certo roubar dele.

– Ah, ele nem tá aproveitando o que tem. Imagina o tanto de salgadinho, bolinho ana maria, sorvete...

Todos concordaram.

O Pirata morava em dois cômodos de tijolo sem reboco, cobertos com telha de Eternit. Não tinha grandes amigos, apenas Dona Nita levava pra ele uns pães doces todo fim de tarde.

Vendia para quem quisesse comprar. O brechó era em um cômodo e no outro se acumulavam cozinha e quarto, banheirinho no canto. As roupas ficavam em araras ao longo das paredes, e no meio da sala quatro prateleiras de metal se erguiam, abarrotadas de vestes sem organização aparente.

Durante o atendimento, o Pirata desabrochava, viajado no tempo, encarnando um comerciante de centro da cidade, cheio de sugestões. Caminhava pelo ambiente, pescando peças com os braços magros, encontrando algo para seu cliente gostar. Analisava e oferecia o traje perfeito. A freguesia entrava procurando uma calça, mas saía de lá com blusinha e *shorts*.

Ah, e tinham os vestidos de seda, a cara dos anos dois mil, a era de ouro do pobre Pirata. Esses ele mantinha nas araras organizados por cor, envolvidos em plástico. Alugava ou emprestava, – às vezes vendia – a uma moça que lhe caía na gentileza. Permanecia com a maior parte de seu acervo especial, tão macios e cheirando a guardado.

Toda sua casinha tinha cheiro de naftalina. Desde cinco metros do Brechó do Pirata era possível captar a fragrância das pastilhas. A vizinhança não gostava, mas tolerava, porque afinal mantinha as baratas longe.

Fora o momento mágico da venda, só uma outra coisa era capaz de pôr o Pirata em vias de primavera: a presença de Dona Nita.

Desde a primeira vez que apareceu no Vale do Sol, buscando informações sobre um bom lugar para fugir do despejo, viu aquela senhora altiva e preocupada, liderando um mundo de gente. Se tinha alguém para despertar sua admiração era ela, uma mulher capaz de sobreviver à catástrofe do capitalismo.

Nos últimos dias teve coragem de dar algumas indiretas a ela. Enalteceu sua postura na assembleia, comentou sobre a boa iniciativa de criar uma comissão de segurança e um plano de resistência há alguns meses. Para ele, esse tipo de elogio significava muito e esperava que ela captasse suas intenções.

Além do mais, queria chamá-la para treinar tiro em Serra Alta. Então, se preparou todo para receber a visita da amiga, ficando totalmente sem palavras quando ela anunciou a assembleia extraordinária naquela mesma noite:

– Parece que vai ter despejo, as crianças foram banidas da escola e o levita ainda não voltou – levou a mão à própria testa – E ainda por cima esqueci seu pão, valha-me Deus!

Dona Nita é uma das primeiras moradoras da ocupação. Trabalhou em casa de família, cuidando de tudo e de todos. Acordava cedo, deitava tarde. Vivia a maior parte de seus dias na cozinha, na área de serviço e no quarto de empregada.

Ouviu ordens, fez silêncios, aceitou ironias e piadinhas. Cuidou do casal jovem e tratou dos filhos deles – dois, menino e menina.

E eles cresceram, se tornaram importantes e cheios de opiniões fortes. Da mesa da cozinha, em frente a seu prato, Dona Nita ouvia.

– Cota é racismo. É dizer que uma pessoa dessa não tem capacidade de concorrer a uma vaga igual à outra pessoa branca. Vai contra a igualdade, é subestimar a pessoa, entendeu?

– Chega a ser desonesto...

– Uma lógica de vitimismo.

– Na verdade, é uma questão de reparação histórica. Ou você acha que eu tenho as mesmas condições de quem mora na favela?

– Ah, filha, mas aí a pessoa tem que correr atrás também. Se a gente der tudo na mão esse povo vai ficar mal acostumado.

– Igual a você?

– Isso não é jeito de falar com seu pai.

Ali dissertavam sobre a cidade, a economia, racismo e direitos sociais. Dona Nita envelhecendo naquele silêncio, vivendo por debaixo da vida dos outros. Corpo já calejado de se levantar cedo, só ouvindo, ouvindo.

A patroa recebeu a ligação da filha recém-casada. A moça ia ter gêmeos e, apavorada, solicitava a presença de Dona Nita.

Preparou o necessário. Casa, um brinco. Roupas, impecáveis. Na mala um pouco gasta, carinhosamente cedida pela patroa, ia seus pertences. Recebeu dinheiro para a viagem até a capital, onde a jovem morava.

– Mas fica tranquila, Dona Nita, aqui também tem um quartinho pra senhora, viu?

Deu cinco horas e se levantou, a derradeira madrugagem.

Pegou sim o dinheiro, levou sim a mala, saiu sim na hora certinha pra pegar o ônibus na rodoviária. Foi até lá. Comprou um pingado e ficou sentadinha com a mala por perto. Nem encostou no copo. Acordou do estado de rachadura com o homem do albergue. Ele falou de onde dormir. Dona Nita gostou da ideia.

Dormiu agarrada na mala. Uma senhora, assim, vestida corretamente, manga comprida e saia de flores, o povo respeitou. De manhã, sentou na cama. Era quase seis – o corpo ainda obedecia a rotina de anos. Mas tudo bem. Pegou a bolsa e foi andar pela cidade.

Entrou em um supermercado e fez sua compra sob a supervisão do segurança. De novo a subvida. Comeu biscoito de polvilho, bebeu água fresca. No terminal de ônibus, ficou olhando os nomes. Tinha Novo Mundo, Green Valley, Bela Vista e Laranjeiras. Entrou num deles e pegou o assento para idosos.

O coletivo foi se enchendo, até não sobrar lugares livres. Uma senhora emperiquitada, perfume forte, cabelos penteados para trás em um rabo de cavalo, ficou de pé, bem perto, encostando a barriga em seu ombro.

Dona Nita baixou a mala sobre o pé da senhora azeda e desceu do ônibus. Caminhou por um tempo, era uma descida imensa, amplitude e sol. Daquela ladeira viu as casinhas, os barracos de lona e as crianças correndo pela terra vermelha. Roupas no varal.

Era a ocupação, bandeira lambida pelo vento. Foi para lá e se firmou. Vida própria e casa para morar.

João Bola deu conta de fazer a diplomacia com a população acumulada no portão. A situação ficou calamitosa quando o lixo se amontoou na entrada. Era gente demais, polícia, curioso, povo com mala e cuia querendo viver no Vale do Sol junto do levita. Tinha jornalista, carro de emissora. Uma coisa de doido.

Suando por todos os lados, Bola ficou preocupado. Quando foi para o Vale não imaginou que tomaria essa proporção. Chegou com um juízo do lugar e foi mudando. E isso complicava sua situação.

Resolveu reclamar com Madalira.

– Vai faz o intermédio, eu não tenho condição.

A moça estranhou ele falar com ela, e não com Dona Nita. Achou melhor não decidir sozinha.

– Coloca na assembleia, a gente monta uma comissão de cadastro.

– O duro é saber se são de confiança – respondeu João.

As crianças roubaram o baú do Pirata.

Com um martelo, golpearam o ferrolho quando o homem foi entregar um vestido de madrinha alugado na parte baixa da ocupação.

Estava repleto de moedas de todos os tipos. Encheram as camisetas, formadas em bolsinhas, umbigos de fora. Disfarçaram o cadeado.

– Melhor deixar na moita, pra não dar ideia que a gente tá cavando a riqueza.

Cada um com um tanto, levam até a Birosca. Dona Beguina achou graça.

– Onde vocês acharam essas relíquias? Issé dinheiro velho, molecada. Vale nada, não.

A assembleia começou às sete da noite. Quem trabalhava no horário fez questão de mandar representante.

Dona Nita conduzia o diálogo.

– Mas esse terreno não era massa falida? Vai recuperar pra ficar parado?

– Essa é a injustiça, Seu Bola, agora a gente tem que tratar do que fazer daqui pra frente.

– Eu por mim ia com tudo na polícia. Que direito eles têm de tirar nós daqui? Se tá na lei, nós tamos correndo pelo certo. Agora, o juiz vendido quis agradar o empresário. Repito: eu por mim fazia resistência. Como é que chama aquilo de não cumprir com a autoridade?

– Desobediência civil.

– Eu acho isso perigoso, minha gente.

– Perigoso é voltar pra rua, Seu Bola. Eu não tenho pra onde ir não.

– É, eu também não tenho.

– E outra, que vai ser do que já tá construído? Dona Beguina, Doralice e o Pirata têm negócio aqui. Tem várias casas de alvenaria, levou suor, tempo e trabalho pra erguer. Vamo abandonar?

– Talvez a gente ganhe reembolso.

– Aqui já é lugar sagrado por causa do levita e da nossa Tenda abençoada. Um desrespeito com nossa fé isso de botar a gente pra fora agora. Faz mais de ano que tô aqui, sossegada.

– Antes era só mato, servia pra depositar presunto de tráfico, isso sim.

– Gente, vamos organizar esse falatório. Você, Dulcino, fala aí dessa desobediência.

– Simples: botar nosso plano em prática. Basicamente, fazer o diabo com o Choque. Eles têm roupa especial, então a gente faz nossas armaduras. E outra, a gente conhece o terreno, podemos criar uns obstáculos... Dá pra fazer, mas a gente tem que criar uma equipe, entendeu?

– Conta aí sua história, João Bola.

– Minha história, Dona Nita, com todo respeito, é questão de segurança mesmo. O levita trouxe a atenção do país pra cá. Polícia tá de tocaia. Imprensa. E tem o pessoal do condomínio que não gostava de nós antes, agora então... E assim, tem Choque, cavalaria, cachorro. Eles têm bomba de gás e bala de borracha. Vocês têm noção? Eles vão massacrar a gente.

– Mais um motivo pra ter um plano pensado na malandragem e na inteligência, Seu Bola.

– Quieto, Dulcino. Vamo abrir pra outras pessoas falarem.

– Eu me ofereço pra Comissão de Desobediência.

– Eu também.

– A gente podia aproveitar esse momento de necessidade, né, minha gente, pra botar em prática a venda das fita do levita.

– De novo, mano?

– É produto de qualidade, pessoal, foi um investimento, entendeu? Eu tava lá com meu cachê do programa de televisão que eu fiz no domingo, onde tive a coragem de falar do levita pro Brasil inteiro em rede nacional, dando minha cara a tapa. Pois bem, só quero a oportunidade de fazer uma arrecadação pra nossa comunidade...

– Meu filho, você chegou aqui ontem. Pelo amor!

– ...resistir com dignidade a esse ataque. Olha aqui, que bonito. Qualquer pessoa com fé em Deus vai querer uma fita bonita dessa, olha só.

– Sou totalmente contra. Os mercadores da fé tão lá no templo de Salomão, rapaz. Aqui não.

– Não se trata de mercadoria, engano seu, é um movimento de fortalecer a gente pra ter recurso pra comprar as coisas. Ou a gente vai usar as roupas do Pirata e as mercadorias de Dona Beguina, com todo o respeito, pra se armar?

– Tem outro jeito de enfrentar a polícia. E não envolve usar a fé pra ter dinheiro.

– Não é pra ter dinheiro, seja honesto, não distorça minhas palavras.

– Honesta. Fala comigo no feminino, seu vigarista.

– Talisca e Valdir, vamos acalmar os ânimo? Valdir, se sua ideia for aprovada, a gente vê. Mas a Talisca você chama no feminino, entendeu?

– Respeito em primeiro lugar.

– Vigarista pode?

– Vamos prosseguir aqui com a decisão sobre a desobediência.

– Eu acho até boa a ideia de resistir, mas a gente tem que ver isso direito. Vamos fazer armadura? Com o quê?

– Tem os tambores daquele plástico grosso que a gente ganhou do rapaz que trabalha na fábrica de material de limpeza.

– Mas segura bala?

– Tenho uma ideia melhor. Mas a gente vai precisar de costureira.

– Explica essa ideia, Pirata.

– Se eu entrar na Comissão de Desobediência, passo todo o procedimento.

– Se a gente fizer então um plano de desobediência, quem vai lutar?

– E quem acha melhor não, além do Bola?

– Existe uma possibilidade de ajudar em outra frente que não seja a de batalha? Só quero contribuir de outras formas, entende?

– A gente vê isso depois, Valdir. A partir do plano da Comissão de Desobediência a gente distribui as tarefas. Fale, Selma.

– E as crianças, gente, como faz com as crianças?

– Por isso eu digo: melhor a paz.

– A gente vai votar, João Bola. Mas vamos deixar o povo falar?

As crianças ficaram arrasadas. O falso tesouro em um monte no chão, sentaram em volta. Um desmantelo com a alma daqueles pequenos. Mas Isa teve uma visão e botou o plano na roda.

– E o povo do truco? Eles usam feijão pra marcá os pontos. Podia ser essas moedas, podia não?

Com a troca das moedas por goiabada se fez a maior alegria daqueles meninos.

Cortar os pedaços foi metade cerimônia, metade patrulha.

– Ó, esse pedaço tá menor.

– Corta isso aí direito, Bielzinho.

– É, não vale roubar tamanho.

Chega quicaram com tanto açúcar. Brincaram até quase a noite calar por completo. Teve quem dormiu de pé sujo.

Adulto nenhum deu fé na troca, nem mesmo o Pirata. O pessoal estava tenso, repuxando preocupação.

Das brechas

Noite calada, João Bola sobe até a saída da ocupação enrolado no casaco.

Talisca, tomada da emoção do mural recém-criado, caminha levíssima por entre as tendas. Dá de encontro com Valdir, ele pede desculpas, alisa o braço dela, gelado de sereno.

– Essa hora, minha ilustre sacerdotisa. Quer companhia pro descanso?

Talisca virou as costas e se afastou. Levado por certo tipo de querer, o homem foi atrás, falando baixo:

– Calma, eu não vou te maltratar, quero só um carinho. Você não quer um carinho? Olha, morena, meu corpo aqui ardente. Por você.

– Desse carinho quero nem notícia. Tá?

Na porta da tenda, Talisca vê luz lá dentro. Damara está no celular.

– Vai dormir não?

– Olha só quem apareceu, gente, a freira do Vale. – Damara puxou uma roupa, cobriu a cabeça e juntou as mãos, imitando uma imagem santa.

– Aff. Me respeita.

– Ainda tão brigada? – dobrou a roupa e jogou sobre as caixas de papelão.

– Como se não me bastasse, ainda aparece um travequeiro pra cima de mim agora. – Uma das mãos na cintura, a outra na testa.

– Eu avisei. Arranjar logo uma leiga. E aí você ainda se mete a cuidar de macho sagrado. Daqui a pouco tá fazendo a trava guerrilheira por aí.

– Eu quis. Não cuidar dele. Eu quis tá envolvida com o sagrado. E também abrir espaço aqui dentro pra gente. Fala se não é bom deixar de pagar aluguel.

– Você tem toda a razão. Amo esse palácio.

– Ingrata.

Damara riu e começou a mexer no celular.

– Hoje aconteceu uma coisa tão linda.

– O quê? – olhos na tela – Alá, as mona chega amanhã. Esse Vale vai fazer fama, viu?

– Vai. – Pega o celular da mão de Damara – Vamo lá na Tenda, quero mostrar.

– Não tenta me converter.

– Deixa disso, vamo lá. É importante.

Diante do painel de compensado rosa, Talisca usava a lanterna do celular para iluminar as palavras.

Damara leu o poema escrito pela amiga, juntando os retalhos de vozes daquele povo.

reconheço masculino e feminino misturados
partes de um mesmo todo
sem fronteira ou repartição

e vejo o cuidado como via de mão dupla
e não servidão

a justiça se manifesta
mais como Fenda que como faca
mas a lâmina amolada se faz necessária
no processo

tanto a espada como o Talho
se unem em movimento conjunto
e não em poder de um sobre o outro.

o olho é Sulco aberto
sem precisar de Corte na pele fina da pálpebra

revele a Cicatriz antiga soterrada
preencha com sonhos estas Marcas

existe um Viés que nos pertence
sem pretensão de cima de muro

a profunda revolução urbana é inquestionável
o lucro é questionável

o amor é atitude

a Luta é soberana
e a riqueza de poucos será triturada

abundância é um prato que se come junto
e justificada é a revolta do cativo

o bode expiatório tem que acabar

aceitemos a morte em nós
o que precisa morrer enterra
e deixa estar
dali há de crescer o broto

abrace a Brecha

mergulhe nas águas escuras limpas
pelo Vão estreito

o Vão é inquestionável

o trabalho
sobrevivência de uns, regalia de outros
é questionável

vamos renascer macios
despidos de poder matar e poder morrer
prontos para Alguma Coisa Nova
deixe a rigidez de lado
deixe-se aprender-amolecer

não olhe o próximo com desejos de morte
observe sua própria Rachadura

o que precisa morrer?
o que precisa brotar?

raiva mestra
lâmina a postos
arruda abre caminhos

assim se deu a Resistência no Vale do Sol

Amém.

– Você é uma santa. Não dá pra acreditar, Talisca. – Damara puxou um cigarro do maço. – Coloca luz, quero ler de novo.

Damara morava em dois cômodos.

A cama de armar era barulhenta, por isso Talisca mal se mexia. A manhã estava quase vingando no céu, uma luz azul banhava as janelas de vidro canelado. Ela levantou devagar para evitar o ranger do metal.

– Tá cedo, bi. Dorme aí. – Resmungou a outra.

Talisca foi até o banheiro e acendeu a luz. Viu seu rosto no espelho oval. Os cabelos estavam quase na altura do queixo. Tirou o elástico do pulso e fez um rabo no alto da cabeça. Alguns fios se soltaram.

Há um ano saiu da casa dos pais.

Ouviu um pernilongo voando no banheiro minúsculo. Ajoelhou e apoiou os cotovelos na tampa do vaso. Desembrulhou o véu feito de renda *pink* e cobriu a cabeça.

O calor abraçava o corpo de Valdir, ainda mole de sono. A contragosto, se posicionou, desde às cinco, na porta da ocupação. Ao passar, qualquer um recebia das mãos dele a fitinha colorida do levita.

Do lado de fora, a multidão se aglutinava, pedia para entrar. Tinha gente com colchão amarrado por cima do carro, sacos pretos cheios de pertences na cabeça, uns tantos ali mesmo acampados, ao longo da ladeira.

Madalira se pôs a organizar a entrada do povo. Juntou o pessoal da comissão de cadastro e se puseram a preencher fichas, entrevistando os interessados a se juntar à luta.

A cada um fazia questão de avisar:

– Se quiser ficar, vai fazer parte da resistência à polícia. Tá de acordo?

– Agora você é um deles, então?

Seguiu a voz e viu sua mãe, uma Maria de beiço encrespado. Joabe estava com ela. Não cresceu desde a última vez que o vira, mas notou o rosto magro e olheiras incomuns. Miguel, de mãos dadas com a avó.

– Eu vim aqui pra te chamar pra casa. Você pode ficar lá na casinha do fundo, José autorizou. A gente consegue um trabalho pra você, um decente, filha.

Madalira se levantou. Sentiu as raízes latejarem fundo em seu peito.

– Só um momento, pessoal, já volto.

Conduziu-os até a Tenda da Jabuticabeira. Suas mãos tremiam, geladas. Talisca se aproximou:

– Tudo bem aí?

– Você pode continuar o cadastro, por favor? Não demoro.

– É esse tipo de gente com quem você tá metida agora? Filha, tá no jornal, todo mundo falando. A polícia vai botar vocês pra correr e vai ter ferido – sussurrou, tampando o ouvido de Miguel. – Vai ter morte. Melhor sair agora. Com fé e paciência você consegue dar um rumo melhor pra sua vida. Olha, Deus disse na palavra...

– A senhora quer falar da palavra de Deus? Então tá: Do pó viemos, ao pó voltaremos. A gente é feito do pó dessa terra. E eu tô aqui com o pé no barro, tô aprendendo a ser diferente.

– Você não sabe o que faz.

– Qual é o sentido de varrer pra debaixo do tapete a sujeira? É tudo pó. Entende? É pó, uma hora o vento bate e espalha. A gente precisa encarar, mãe. Não adianta esconder, condenar, humilhar.

– Não é você falando, é o Inimigo.

– Não consigo acreditar nesse Deus patrão. Esse Deus Senhor de um monte de escravo. Eu não vou viver assim.

– Você não quer ser minha mãe?

Miguel se dirigia à Madalira.

– Eu quero. E vou, meu filho.

Pegou o menino pela mão.

– Você quer ficar aqui com a mãe? Pra gente viver junto?

– Meu neto não vai viver com bandido.

Joabe se aproximou, Madalira se pôs entre Miguel e Maria.

– Experimente dar seu *show* aqui. Eu chamo a segurança e você vai sair arrastada, se for preciso. Meu filho fica comigo. Deus tá na luta aqui comigo, – ergueu os braços – tá vendo essas pessoas? Elas são minha família. Tenho irmão, irmã, tenho mãe e tenho pai. E tenho namorada, a senhora conheceu Talisca, minha namorada.

O cheiro de arruda se espalhou, intenso. Madalira tomava uma proporção gigante. Maria ajeitou os cabelos atrás das orelhas e acertou a postura.

– Isso crescendo em você, eu sei o que é, filha. Deixa isso tomar conta de você não. Isso não é de Deus, é coisa de sua Vó Obeá.

– Você poda, mas não mata a raiz. Ela continua aí, uma ferida, mãe. Não floresce. A senhora acha mesmo que Deus quer isso da gente?

– José sofreu acidente na firma. Tá encostado. O seu irmão tá ajudando também. E você... Você tá igualzinha sua Vó Obeá.

Joabe segurou o braço de Maria.

– Não adianta, mãe. Vamos sair daqui.

A senhora se desvencilhou.

– E eu vou deixar meu neto nesse lugar?

– Não tem o que fazer, mãe. Ele é filho dela. Vamos.

Com Miguel junto a si, Madalira retornou à mesa do cadastro.

Talisca dava as boas-vindas a Ceci e Fran, recém-chegadas ao acampamento por recomendação de Damara.

O garoto correu e abraçou as pernas de Talisca.

– Que saudade que eu tava de você, Miguel! Olha, essa é a Ceci e essa é a Fran. A gente vai colocar uma casa pra elas lá daquele lado. – E virando para Madalira – Vou lá ajudar... Você quer que eu chame alguém pra fazer o cadastro pra você?

– Precisa não, Tali. Vai lá. O Miguel vai me ajudar com o cadastro, né, filho?

– Quero água, mãe.

– Aviso a Sté pra mandar uma garrafinha, tá?

Ao longe, era possível ouvir o comentário de Ceci:

– Mãe de família agora, dona Talisca?

Madalira puxou um caixote para Miguel e beijou o topo de sua cabeça antes de anunciar:

– Próximo!

Dona Nita saiu do Vale agarrada a sua bolsa. Vai fechar acordo com a cooperativa de costureiras do bairro. O Pirata explicou direitinho, fez até uns desenhos do funcionamento do colete.

Na hora muita gente duvidou.

– Então a gente vai fazer um colete de moedas e vestido de festa? Mas, homem, se você quer morrer, morra, mas não mata seus companheiros de luta não.

– Vou explicar de novo. Quem não entender, pergunta. A malha de moedas é montada igual a uma escama de peixe, ou as telhas de um telhado. Só assim elas são capazes de segurar o impacto, ele se distribui nas placas, ou seja, nas moedas. A seda, vocês podem não acreditar, mas era a matéria-prima dos coletes até inventarem essas malhas sintéticas. Então, na minha opinião, funciona sim. Só precisa de capricho. E uns testes também.

– Eu vou com você testar – Dulcino estava empolgado.

De pé, em frente a sua arara de vestidos, o Pirata tomou um gole de café. Se afastou, foi até a pia da cozinha, passou uma água no copo americano e o pôs sobre a pia de inox. Era hora.

Tirou cada um de seus vestidos dos plásticos. Acomodou-os em sacos pretos, passou as mãos pelos tecidos e ficou relembrando sua vida no tempo de bonança. Fazia churrasco quase todo final de semana e vivia rodeado de amigos.

Fechou os sacos e os deixou amontoados na cozinha, perto da porta de entrada. Levaria na cooperativa, conforme combinado com Dona Nita.

Finalmente, foi até o seu baú de madeira. Estranhou o cadeado aberto. Com certeza foram as crianças. Eles viviam rodeando sua casa atrás desse baú, onde acreditavam conter um tesouro. Conspiravam roubar, aos cochichos, debaixo de sua janela. Achavam que ele não ouviria.

Apesar do desfalque, tinha o suficiente para os coletes. Pegou o celular e passou uma mensagem para Dulcino. Para erguer esse baú ia precisar de ajuda.

Mais tarde, na Tenda do levita se reúnem Madalira, Dulcino, Talisca e o Pirata. A Comissão de Desobediência. Madalira aquece um tanto de água e prepara um chá de arruda para todos.

– Pra arejar as ideias.

Traçam no mapa da ocupação seus desenhos de resistência. Tampas de garrafas PET marcam o refúgio das crianças. Lacres de latinha são as brechas para engolir o aparato repressor. E bebem enquanto discutem.

Lá pelas tantas do final da tarde, o Pirata foi buscar uma tal encomenda de fitas adesivas reforçadas na entrada do Vale. Pacote nas mãos, o celular em frente ao nariz, entrou direto na Birosca de Dona Beguina.

– Ôba. Vai uma dose, Piratão?

– Vou encher sua cara de dose, filha da puta.

E pega Beguina pela camiseta, deixando um estardalhaço de copos, mesas e cadeiras tombadas.

– Quê isso, Pirata?

– É essa traidora. Olha a notícia do jornal aí. Fizeram reportagem. Tem casa já, aposentada com renda, e vem pra ocupação. Denunciaram ela no jornal e agora tão falando que a gente é dessa laia, que ocupa pra fazer fortuna.

A catarrada do Pirata escorreu pela camiseta da senhora caída.

– É verdade uma coisa dessa, Dona Beguina? – perguntou Madalira, entre acusada e acusador.

– Eu posso explicar, minha filha.

Assembleia extraordinária era assim, sempre com panela batendo. Até as crianças percorriam todos os cantos do Vale do Sol para avisar.

Iam decidir sobre a situação da companheira Beguina. O Pirata sugeriu sua expulsão após sair uma reportagem longa sobre ela. A velha já tinha apartamento advindo de outra ocupação, vendido de forma ilegal. Seu filho, o Alessandro, estudante da universidade pública, deu depoimento ao jornal de domingo à noite, em mangas de camisa, dizendo que tentou afastar a mãe dessa vida, mas a senhora insiste em fazer patrimônio com invasão de terreno dos outros. A matéria sequer citou a história do Vale do Sol, chamando toda a atenção para o mundaréu de gente em propriedade alheia.

A repercussão da reportagem era um risco a correr. O Senhor dos Papéis se preocupou, pois, quando o movimento é anônimo, a operação é na surdina, basta um pequeno acerto com o magistrado para expulsar o bando. Mas, quando se torna caso de mídia graúda, a coisa complica.

Acionou o juiz na semana anterior e esperava o prazo dos quinze dias para o despejo. Vestido com seu terno de corte impecável, despejou dois dedos de uísque doze anos em um copo de cristal. Por mais que essa reportagem coloque a opinião pública a seu favor, atiçará também toda uma chuva de manifestações em defesa dos invasores. Trabalhava há anos com um investigador de sua confiança. O serviço era simples: encontrar alguma sujeira daquela gente para jogar no ventilador. Com o material em mãos, acionar a imprensa foi fácil.

A internet alvoroçava. Havia os evangélicos pró-levita, chamando a mídia de mentirosa, pois estava manchando a imagem do profeta para impedir a obra divina. Outras correntes religiosas usavam a reportagem como evidência da charlatanice do iluminado.

Enquanto isso, parte dos movimentos sociais acudiram a ocupação, divulgando vídeos e depoimentos de ocupantes, com o intuito de provar a verdade daquela gente. A esse coro se juntavam as declarações e denúncias dos residentes do condomínio Green Valley, ultrajados com a situação, reclamando de cada grão de poeira erguida no terreno vizinho.

E a comunicação era infinita, sem um único ser humano capaz de ouvir todas as partes, cada um observava apenas o que lhe cabia e julgava real. Havia os que adotavam essas verdades e aí se dividiam grupos em uma algazarra que deixaria as crianças da turma do Bielzinho no chinelo.

E, em três quartos de hora, montaram um verdadeiro tribunal popular na Praça da Jabuticabeira. Ali estavam Dona Nita, Madalira, Pirata e Talisca. Sentada em uma cadeira de metal estava Dona Beguina, copo de água com açúcar na mão, apoiada por Stéfany, passava seu bocado de mal, esperando o início da reunião.

Entre uma gritaria dos infernos surgiu de repente Madalira com o megafone. Dona Nita estava no limite, então a jovem resolveu assumir a bucha.

– Companheiros e companheiras, a única forma de a gente resolver isso é organizando um diálogo. Então, vamos se acalmar, porque gritar agora não adianta nada, minha gente. Eita!

E assim foi um cutucando o outro e criando, não um silêncio, mas um nível aceitável de vozes paralelas.

Madalira passou o megafone a Dona Beguina:

– Pois se explique.

A velha tomou o resto de água como se fosse aguardente, entregou o copo à Sté.

– Eu não sou inocente.

A gritaria colapsou a reunião. A algazarra só terminou quando Dulcino usou uma buzina dessas de ar comprimido.

Ao perceber a deixa, Dona Beguina continuou:

– Meu intento nunca foi fazer fortuna. Eu tava na ocupação do Novo Mundo há alguns anos. Ganhei lá meu apartamento de dois quartos. Tá certo. Mas tenho um filho. Esse mesmo que muitos de vocês viram na televisão, o Alessandro. Fiz tudo por ele, mesmo não aceitando isso. Estudar em faculdade não é qualquer coisa, gente. Foi três ano de cursinho. Paguei. Era caderno de lição, simulado, material, livro, palestra, evento. Vendi carro, dei o que eu tinha. Fomos pra ocupação pra não precisar dar dinheiro em aluguel. E na terceira tentativa ele passou. Recebi o apartamento e ele foi lá morar em república, começou a andar com os colegas novos. E o gasto continuava. Pensa que é moleza bancar filho em faculdade federal? Aluguel, alimentação, livro e mais livro, palestra, seminário... Eu dei tudo pelo sonho do meu menino. Só que não era suficiente. Aí veio uma mulher dizendo isso e aquilo, que assumia a dívida e dava de volta o dinheiro pago no apartamento. Eu poderia usar pra dar o bom e o melhor pra ele. E então estou aqui. Pra conseguir minha casa definitiva. O dinheiro que peguei na outra tá rendendo? Tá. Usei uma parte pra montar a Birosca? Sim. Deveria? Não. É o correto? Não acho também. Não sou inocente. Só queria dar o bom e o melhor pro meu Alessandro. Pra ele ser doutor. Um doutor ingrato, metido a besta, de nariz empinado. Mas doutor por minha causa. Minha causa e da luta que eu levo aqui com vocês. E sei que fiz isso porque quis. Podem me expulsar. Mas fiz o que tinha que fazer.

Madalira pegou o megafone:

– Minha proposta é a seguinte. A gente gravou aqui no celular o depoimento da Dona Beguina, né, Giovana? A gente vai colocar isso na internet em resposta a essa reportagem. Ninguém é expulso, a gente segue a preparação pra resistência, e pronto. E outra: a gente precisa se organizar melhor pra registrar nossa história, uma narração do que a gente tá construindo aqui no Vale do Sol. Passando essa loucura a gente separa uma comissão de comunicação e registro.

Votação feita, a maioria apoiou a proposta. E assim foi feito.

Madalira abraçou Dona Beguina e perguntou:

– A senhora tem uma foto de Alessandro pra gente colocar no material de divulgação?

– Tenho. Vou te mandar. Aqui, essa tá boa?

Olhando pra tela do celular, Madalira teve certeza: o Alessandro, filho de Dona Beguina, era seu amigo de infância, aquele mesmo que dizia pra ela montar cronograma de estudos com ele.

– Tá boa essa sim. Manda direto pra Giovana publicar o vídeo, tá?

Tirando uma muda do peito, entregou à senhora:

– Toma aqui, faz um chá, esse tanto dá pra meio litro de água. Vai fazer bem.

A Comissão de Desobediência se reuniu com cada um dos responsáveis e foi tornando real aquela vontade de resistência. Todos alertas, preparando detalhes, fazendo perguntas e afastando a calamidade da cabeça.

Mal sabiam eles da ideia que alumiou a mente de Valdir. Justamente por não saberem, prosseguiram com seus planos. Aquela tarde Valdir percorreu as ruas ao redor da ocupação. Oferecia lote no Vale do Sol a quem quisesse comprar, bastava ter sinal. Teve gente vendendo o que tinha para entrar no esquema.

A notícia foi se espalhando e logo os odiadores ferrenhos do movimento ganharam mais um motivo para palestrar sobre a desonestidade daquele povo invasor do que não era seu.

Da faca amolada

Ninguém dormia direito naqueles dias.

Dentro da Creche se formou um centro de arrecadação de facas, facões, pedras de amolar, paus, enxadas, foices, picaretas e todo tipo de arma improvisada.

Também foram arrecadados gasolina, diesel, álcool combustível e todo o tipo de tambor, principalmente de plástico reforçado, mas também de lata.

Capacetes de moto eram empilhados do lado de fora, chegando inclusive uma doação vinda de um desmanche perto da ocupação.

Da cooperativa de costureiras, parceiras de Dona Nita, chegaram os poucos coletes improvisados. Feitos com uma escama de metal formada pela junção das moedas antigas do baú do Pirata, coladas com fitas adesivas superaderentes e envoltas com várias camadas de seda colorida dos tão preciosos vestidos, formavam uma espécie de fantasia carnavalesca envolvendo os corpos de cada um dos integrantes da linha de frente da Operação de Desobediência.

Os primeiros a vestir o colete acharam graça. Como pode um tecido fino daqueles, de gente chique e toque macio, ajudar a segurar bala de fogo?

– Será se funciona mesmo?

– Funciona, pô!

Dulcino garantia. Ele foi com o Pirata até os matos desertos do Alto da Serra, carregando um manequim cheio de areia por dentro.

– Pra dar o peso certo, explicou o caolho.

Pegaram o Celtinha de um dos integrantes da comissão de segurança para ir ao lugar do teste. O Pirata fez questão de resolver isso sozinho. Jogou o manequim no porta-malas, Dulcino se sentou ao volante e botou o pancadão para tocar no alto-falante do celular. O Pirata, de óculos escuros, bateu e o rapaz baixou o vidro.

– Passa pro banco do passageiro, garoto.

– Sua visão é limitada, é melhor eu conduzir, Pirata.

– Quem tem visão limitada é você. Vai, passa pro lado. Aí minha habilitação. Eu tenho visão monocular, mas posso dirigir, certo? Coloca o cinto.

Dulcino colocou o celular sobre o painel do carro e se virou para puxar o cinto. O Pirata pegou o aparelho e jogou no banco de trás.

– Vai no banco de trás.

– Que isso, Piratão?

– Melhor ir atrás, moleque, porque a gente vai passar por uma batida daqui duas quadras, entendeu? E daí você vai atrás, fica tranquilo, só mexendo no celular, nem olha pros lados. Eles vendo a gente assim não vão parar.

Dulcino, contrariado, foi para o banco de trás.

Passaram pelos policiais com a velocidade reduzida conforme o plano. E deu certo. No restante do caminho, seguiram uma rota alternativa, evitando os pontos da cidade onde costumava ter polícia cavando multa.

Dulcino, de tão quieto, dormiu deitado no banco de trás, enquanto o Pirata acelerava pela estrada.

O colete segurou os primeiros projéteis, mas amassou e quebrou o manequim com o impacto. A bala não entrou, mas castigou com o soco da força. Bala de borracha impossível testar.

– Se segura bala de fogo, segura de borracha também. No tiro, o maior estrago é do projétil– argumentou – o impacto maltrata o corpo, mas não tira a vida tão fácil.

– Por mim, tranquilo.

– Boa. Mas, vai por mim, melhor não cantar essa pedra pra ninguém do Vale.

Por cima dos coletes ia uma armadura feita de tambor, de lata ou de plástico. Na cabeça, capacete de motociclista e, nas mãos, facões, paus, pedras e toda sorte de armas disponíveis. Eram soldados possíveis naquelas condições.

O Pirata, com seu tapa olho de metal, feito especialmente para a ocasião, lacrimejava o olho restante, orgulhoso daquele sobrevivencialismo popular.

Em cada lugar marcado no mapa, a turma do truco e uma galera que pôde ajudar prepararam as valas. Meses antes de cogitarem um despejo, tiveram o cuidado de preparar várias canaletas de dois metros e meio de profundidade. Estreitas o suficiente para fazer cair uns homens de forma a não poderem escalar a parede de terra para sair dali. Eles cobriram cada uma dessas valas com madeira de compensado, agora substituídas por papelão fino e terra salpicada por cima.

Em volta de toda a casa do Pirata, a segunda maior do lugar, empilharam sacos cheios da terra e pedras recolhidas nos fundos do terreno. Ali abrigaram crianças, idosos e outros que não poderiam lutar. Para guardá-los, ficaram encarregadas Selma e a professora Gabi. Ali organizaram uma linha de produção de tiras de pano, usando as roupas doadas pelo brechó e as tesourinhas da creche comunitária.

O grupo de Dulcino montou uma enorme fogueira na ocupação, ao lado do condomínio. Também colocaram música alta para tocar. Isso deixaria os vizinhos putos e os distrairiam da preparação para o movimento. O combinado era apaziguar a situação quando a polícia aparecesse para mandar baixar o som e apagar o fogo.

Na cozinha coletiva ficou uma equipe, liderada por Madalira e Dona Nita. As garrafas de vidro, cedidas por Dona Beguina, eram cheias com o líquido inflamável. As crianças cortaram as tiras de pano, agora usadas para lacrar cada *molotov*. Quem não montava bomba, amolava faca. Todo mundo envolvido no plano.

João Bola e sua turma seriam os responsáveis pelas bombas. Foram posicionando cada uma e designando os responsáveis por detonar o efeito surpresa. No momento certo, elas seriam cruciais.

Terminada a articulação, João Bola foi na cozinha falar com Madalira.

– Tão dizendo que o despejo sai hoje mesmo. Um primo meu é vigilante e trabalha com uns polícias, deu essa ideia pra mim. Os caras vão vim com tudo. Ainda não confio que damos conta, mas, enfim, já tá decidido...

Selma apareceu usando luvas de borracha, levando nas mãos vários maços de urtiga brava, colhidas nos fundos do terreno. Acomodou as folhas para secar e deixou um aviso em um papel: Cuidado, urtiga brava, não toque.

Em frente ao espelho retangular de moldura laranja, Talisca enrolava os cabelos em um coque. Aquendada, de saia rodada, enganchou o ramo de arruda atrás da orelha. Vestiu o tênis e voltou ao espelho. Buscou o véu *pink*, amarrou-o à cabeça e dobrou seus joelhos.

Nada pediu, apenas agradeceu.

Dormir não era uma opção viável. Quando estava tudo mais ou menos pronto, Dona Nita sentou à mesa da cozinha coletiva com Madalira.

Aquartelados, todos esperavam o Choque. Estavam confiantes do estrago capaz de ser feito ao pelotão e tomados de coragem. Mesmo assim, persistia a tristeza de ser na marra, no sangue derramado.

Na mesa da cozinha, um grupo amolava facas e facões. Observando Madalira, de cutelo na mão, Dona Nita resolveu puxar papo enquanto passavam café.

– Quando cheguei aqui sentia que não valia nada. Uma chinela arrebentada valia mais. Vê se pode, menina. Eu cuidei daquela família. Um bando de reizinho. São os donos do mundo, mas não sabem cozinhar um feijão. Não tem condição de lavar uma roupa, Madalira. E eu, preta, pobre, analfabeta, sabia mesmo todos os detalhes da vida deles. Eles sabem o quê? Nem os filhos deles eles criam! Ah, o patrão, é juiz. Ah, a patroa é dermatologista não sei das quantas. Até eu! Com gente fazendo tudo pra mim, ser doutor ou o cacete é fichinha. Quero ver ser o fodão, a fodona, com camisa amassada e roupa manchada. Se não era eu na vida dessa gente... Você tem noção de como encontrei aquela casa quando tirei uma folga? Folga. Folga nada, fui velar a tia Bastiana, que os patrão dela nem isso. Quando voltei tava uma imundícia, sabe um nojo? Ser importante sem a gente pra cuidar dos bebezão branco, aí eu queria ver! Peguei nojo dessa gente. Hoje eu sei quem é que não vale nada. O importante mesmo é a gente se ajuntar. Se a oportunidade não vem pra nós, a gente pega na marra, faz a casa na teimosia. Água mole em pedra dura. Sabe, o maior desalento meu é só aquela goiabada sumida da despensa coletiva, porque, de resto, tô satisfeita. Naquele dia da despensa, vou te contar, eu quis morrer. Quis largar a luta. A gente doa tanto da gente. E eu? Quando vai ser minha vez de ter paz? Ainda bem que você chegou, minha filha, pra me dar uma força, porque olha, não é fácil... Que foi, Dulcino?

– Chegou áudio do advogado, gente.

Um juiz concedeu uma liminar e impediu o despejo.

O povo explodiu. Dulcino e João Bola saíram com tantos outros pra colocar uns cavaletes em volta das valas. A notícia foi alastrando e o som, já alto, se juntou à gritaria. Uma comemoração alvoroçada, mais bêbados de alegria que de outra coisa. Um abraçava o outro. A senhora crente agarrada ao Dulcino. Dona Beguina mandou mensagem de áudio ao filho, gritando a vitória alcançada. Madalira foi atrás de Miguel. O ramo de arruda perfumou o seu entorno e reverenciou a memória de Vó Obeá. Abraçava e rodava o menino pelos cotovelos que, com a camiseta encurtada, curtia uma brisa boa na barriga. Dona Nita chegou a avistar um horizonte de sossego, roubando ela mesma uma lasca de goiabada do estoque coletivo. Giovana fazia uma transmissão ao vivo na Birosca, enquanto Stéfany montava um cardápio especial para o almoço do dia seguinte.

– O Vale do Sol é nosso.

– Viva a luta.

– Toma essa, Senhor dos Papéis. Safado.

Valdir dançava de corote na mão, recebeu um tapa do Pirata. O caolho soube de suas vendas escondidas. Mas o povo apaziguou a situação, ficaram de decidir no dia seguinte o destino do trapaceiro.

– Agora é hora de comemorar, depois a gente vê o que faz.

Os sons se misturavam. Era uma roda de samba de um lado, uma galera descendo até o chão do outro. Quem era de violão, violava, quem era de pandeiro pandeirava, quem era de religião, ia para Tenda do levita. O lugar santo abarrotado dos fiéis e Talisca ali com todos, em silêncio, de mãos dadas. Um prazer estranho, quase novo, mas de certa forma anterior à própria existência do Vale, um prazer humano mesmo, que animava. Na casa do Pirata, as crianças brincaram até tarde. Selma, latinha na mão, bochechas rosadas, ficou mole e adepta às brincadeiras bobas. Alguém apareceu com um *karaokê* e Madalira fez questão de cantar Clara Nunes.

Da luz do outro dia

João Bola apareceu no ginásio logo cedo.

Ninguém notou sua saída na ocupação, tão embriagados estavam de vitória. A alça da bolsa apertava o ombro, era o uniforme pressionando com seu peso.

Pressão. João gostava daquela gente, viu ali muita coisa errada. E muita coisa legítima também. Gostava de Beguina e sua intenção velada de namoro com ele.

Chegou no Vale e foi recebido por Dona Nita, os dois tomaram um café e falaram da vida. Não houve interrogatórios. A desconfiança estava nele, até por sua posição, era obrigado a relatar aos superiores.

Mas mesmo essa desconfiança foi desanuviando. No lugar dela ficou só uma coisa dura, difícil de lidar. Só apaziguava quando virava seu viés e apreciava a situação desde a perspectiva da Luta.

Que situação! Soubesse disso, não teria aceito aquele lugar de judas. Mesmo sendo um mal menor. Sim, Cassiano estivesse no seu lugar e a história seria outra. Cassiano contaria tudo. João Bola não.

Só uma parte.

Engolia saliva grossa, respiração acelerada pelo esforço da caminhada. O Ginásio do Parreirinha, um dos maiores da região, onde os campeonatos de futsal aconteciam, agora era espaço de concentração da operação de reintegração de posse.

João Bola passou pela entrada vigiada. O espaço tinha uma acústica, multiplicava as vozes dos homens. Ouviu causos de enfrentamento e violência. Viu um grupo assistindo a vídeos sanguinários no celular. Riam. O clima era de expectativa e os oficiais preparavam suas armas. Viu um deles preparando arma de fogo. Perguntou a Cassiano sobre.

– Eu é que não vou entrar lá desarmado. E se eles têm bala de verdade? Nós vamo lá com borracha? Sai fora.

Era ordem de cima. Podia cada qual levar sua arma e usar só em último caso.

– Ah, se eu encontrar qualquer maluco de gracinha, querendo bancar o maioral, vô meter bala, quero nem saber. Bando de vagabundo.

E os fardados foram se aglutinando, contando seus desejos de violência. Cada um dizendo o que gostaria de fazer. Uns davam exemplos de chacinas. João Bola atordoou.

Não era apenas sobre recuperar o terreno.

Aquilo foi atiçando na pele de seu corpo um comichão. Foi para o vestiário. Sua própria cara no espelho. Suava. Rogério, seu colega, bateu amigavelmente em suas costas.

– Fica em paz, a gente vai acabar com eles.

Bola lavou o rosto e pegou o uniforme de combate do Choque.

No Vale do Sol, o silêncio. Até os cachorros e gatos estavam exaustos. Copos, garrafas e latas espalhados.

Madalira e Talisca enroscadas uma na outra, apagadas no colchão de solteiro.

Uma sombra entrou pelo vão da porta, e a mão agarrou o ombro de Madalira.

– Companheira, sou eu, João. Desculpa entrar assim. Mas é urgente.

Enquanto se vestia, ela reparou no uniforme dele.

– A polícia tá vindo pra cá. Eles tão aquartelado no Parreirinha.

– Você é p2, João Bola?

Talisca se mexeu no colchão, Madalira conduziu Bola para a cozinha coletiva.

– A gente precisa acordar todo mundo, aproveitar enquanto é tempo, companheira.

– Você contou o que pra eles?

– Dá cinco minutos até aqui de carro. Eles provavelmente vão fazer tocaia do lado de lá do brejo atrás da ocupação. E na entrada, óbvio. Vamo chamar Dulcino e Pirata pra montar uma resistência rápida. Deve ter uns vinte minutos até eles chegar e...

O som da garrafa quebrada é seguido do corpo despencando no chão de terra batida. Talisca joga de lado o resto da garrafa em suas mãos. Arrastam João Bola para o barraco e o deixam lá trancado.

– A cabeça não tá sangrando, não; é capaz dele acordar alguma hora.

– Mas agora não dá tempo de resolver isso. Preciso que você vá de porta em porta, dando o alerta geral. A gente vai fazer a Desobediência conforme o plano.

Deram um beijo e um abraço e correram, cada uma pra um lado.

Na avenida em frente à entrada da ocupação, os policiais começaram seu agrupamento.

Entre o povo esperando do lado de fora pela chance de entrar no Vale começou uma movimentação. Deixaram no meio da rua seus pertences para se esconder. Teve gente que saiu sem levar nada.

Em meio ao vai e vem de gente, um rapaz de bermuda, boné e sem camisa se posicionou em frente ao pelotão e cruzou seus braços.

Madalira contornou a fachada da Birosca de Dona Beguina e bateu na janela de metal. A luz acendeu lá dentro.

Em poucos minutos o aviso ecoou pela ocupação. Ao fundo, a melodia do Canto das Três Raças nos acordes do *karaokê*.

– Atenção, companheiros e companheiras! A polícia está a caminho do Vale do Sol. Acordem todos e todas. Fiquem a postos. O Vale do Sol está sob ataque. Atenção! Levem o pessoal para o lugar seguro. Os que podem lutar peguem sua proteção e suas armas. O Vale do Sol está em resistência. Atenção, camaradas. Atenção. A hora da Desobediência chegou.

Talisca passou de casa em casa acordando a todos, batendo panela e gritando. Levava Miguel junto a si, batendo duas tampas de inox com os braços magros.

– Acorda pra resistência, Vale do Sol. A polícia tá chegando.

Faces sonolentas, perguntas feitas a esmo embrulhadas em náusea e ressaca de vitória mal ganha. Selma caçando as crianças, organizando o espaço para acomodar a todos. Acolheu Miguel. Bielzinho e seus irmãos gritavam por Caramelo em meio ao furdunço.

Cassiano estava vidrado em seu superior, esperando o momento de lançar as bombas. Ao lado do rapaz sem camisa, uma mulher com uma criança de colo se posicionou. Ela ajeitou o pequeno na lateral de seu corpo e estendeu a mão ao rapaz. Outras pessoas se juntaram ao cordão. Rogério observou a criança no colo da mulher, encostando a cabeça no ombro dela, a mãozinha na boca. O oficial deu o sinal.

Cassiano foi o primeiro a jogar a bomba de gás.

Do portão veio outro alarme. Dulcino usou sua buzina de ar comprimido para o aviso da polícia chegando. As pessoas iam de um lado para outro, chamando pelos nomes dos seus. Muitos já usavam suas armaduras e começavam a se reunir na Praça da Jabuticabeira. Correu Dona Beguina, com os truqueiros que encontrou pelo caminho, retirando as faixas e cavaletes do entorno das valas.

Madalira continuava o alarme.

– Todos a postos. Companheiros e companheiras que podem lutar, tomem seus postos. Crianças e idosos vão para o lugar seguro. Dona Nita, vá até a Cozinha Coletiva. Atenção, Vale do Sol. É hora da resistência.

Era um formigueiro sob ataque, pleno de suas operárias. Quem ainda não estava de pé teve a bruma do sono invadida pelos baques no portão. Começou a gritaria.

Era o Choque abrindo caminho à força.

Do outro lado do portão, na linha de frente do Choque da PM, estava Cassiano ao lado de Rogério.

O primeiro suava, uma gota salgada entrou em sua boca por dentro da viseira do capacete e ele lambeu os lábios. Finalmente era hora de ser protagonista de uma ação.

Rogério estava confiante, imaginava uma rendição rápida, a PM era superior em equipamentos e treinamento.

Nenhum doido ia ousar resistir a eles.

Na porta da cozinha coletiva estavam Madalira, Talisca, Dona Nita e Dulcino.

– João Bola é P2.

– Desgraçado.

– Fechamos ele no nosso barraco da Jabuticabeira, Talisca deu com uma garrafa na cabeça dele, mas é capaz de acordar logo. Ele parecia ter virado a casaca, veio me dar o alarme.

– A gente não tá em condição de dispensar ninguém.

Nos fundos, do lado de fora da ocupação, Valdir pulou o muro de compensado. Caminhava entre o lodo de sapatos nas mãos. Já tinha decidido pela fuga quando o Pirata descobriu sua artimanha, e agora, com a ocupação sob ataque, a partida era inevitável. Ia cantarolando baixinho "Cowboy Fora da Lei" quando algo chamou sua atenção.

Do breu vinha uma pequena multidão de homens desvairados, vestidos todos iguais, em roupas e afetos. Agachou e se encolheu, assustado. Mas os homens passaram direto por ele.

Vinham correndo, pulando as poças de lodo com seus coturnos pretos. Abriram uma fresta na madeira do muro. Valdir parou para observar os fardados entrarem na ocupação. E então virou e correu.

Após fazer ceder o portão, o pelotão do Choque avançou pela entrada. Cassiano e Rogério, lado a lado, ficaram confusos ao verem os primeiros policiais caírem nas valas e dispararem com suas armas para cima.

Perdidos, não sabiam se ajudavam os companheiros ou seguiam na missão. Ninguém ouvia ninguém, tamanho alvoroço.

– Vamo ajudar? – gritou Rogério.

– Melhor continuar, é armadilha, temos que entrar lá pro meio. – respondeu Cassiano, aos berros.

Não conseguiram se entender e cada um seguiu as próprias ordens: Cassiano avançou enquanto o outro tentava tirar um dos policiais do buraco, sem sucesso.

Por um momento Rogério observou a situação. Ao redor das valas se acumulavam pessoas da ocupação, vestindo capacetes de motoqueiro e umas roupas feitas de latão de plástico. Eles faziam de tudo para desarmar os PMs e mantê-los lá dentro, enquanto os oficiais procuravam escalar as paredes de terra ou atiravam a esmo.

Que espécie de gente maluca era aquela, lutando contra o Choque, batendo de frente com a autoridade? Voltou a si quando levou uma paulada no braço e alguém puxou a arma de elastômero de suas mãos.

No abrigo do brechó, Miguel chorou, assustado com o barulho. Selma o abraçou na tentativa de trazer segurança, sem sucesso. Amontoados entre as roupas usadas e cheiro de naftalina, o grupo esperava. Bielzinho estava preocupado com Caramelo, solto no meio da batalha.

Em torno de cada vala se travava uma luta. Os acampados de paus, facas e pedras iam para cima dos policiais, puxando seus escudos, empurrando seus corpos para o fosso. O cheiro de arruda tomava o lugar.

Em meio ao combate, um ou outro gritava algo para animar os companheiros:

– Vamo botá os coxinha pra correr!

– Viva a luta no Vale do Sol!

– Viva!

Puxando para si os lançadores de bomba de gás, um dos moradores teve a ideia de atirar dentro dos buracos, e lá deixar atordoados os oficiais.

Dona Beguina avançava com o facão tinindo nos braços dos policiais. Levou um cacetete nas pernas e caiu. Mesmo abaixada, fez a lâmina cantar nos joelhos e tornozelos de seu rival.

Ele xingava e ela retrucava:

– Sai pra lá, seu capacho.

Deu com a peixeira no antebraço do fardado. A mulher se aprumou nas pernas e o empurrou pra vala. Golpeou com o facão e libertou um berro.

O som do grito de Dona Beguina cortou a manhã, ecoando pelo Vale do Sol em um instante milagroso de silêncio em meio à batalha.

Dulcino se debatia com um PM agarrado à manga de sua camisa. Aproveitou o vacilo do seu oponente para bater com o martelo em seus dedos. O oficial soltou de sua roupa e o jovem ainda teve tempo de cuspir em seu colete antes de empurrá-lo para o vão.

João Bola despertou no momento do grito.

No barraco, se sentou e colocou a mão na cabeça, onde ficou o calombo da pancada. Ouviu a confusão do lado de fora e percebeu a porta aberta, as coisas todas reviradas. Algum agente havia passado por ali.

Observou a luta da porta do barraco, se escondendo na penumbra. Não queria lutar ao lado dos PMs, mas assumir uma posição ao lado do povo acampado parecia loucura para ele.

Saiu da tenda e se esgueirou para o vão entre dois barracos. Abaixado na sombra, viu uma parte dos policiais avançando em direção à Viela da Torneira.

Os policiais invadiram os barracos, jogando para fora quem encontravam. Os hesitantes em resistir à autoridade deles se tornaram reféns de sua truculência.

Um grupo de moradores começou a se formar na Viela da Torneira. Sentados em meio à terra ainda úmida, eles mantinham as mãos na cabeça.

Doralice pediu para pegar o celular em casa e foi respondida com o *spray* de pimenta na cara. Homens e mulheres tiravam suas camisetas para colocar no rosto, tentando se proteger.

Uns desmaiaram, outros permaneciam mansos, sob a mira da bala de borracha. Um bebê chorava em algum lugar.

Vendo essa cena, Madalira estacou. Se escondeu em uma viela, pendurou o megafone no ombro e sentiu a parede sem reboco atrás de si.

O grito de Dona Beguina ainda reverberava pelo Vale no momento em que, dos fundos do terreno, veio um grupo grande de homens, vestidos de roupa cinza e gritando. Um pessoal da ocupação chegou junto deles, ameaçando com paus e pedras. Talisca, usando o colete colorido, foi a primeira a atacar.

Blocos de concreto, tijolos, o que servia de arma era arremessado em direção aos policiais. Estes revidavam com tiros de borracha e bombas.

Em algum momento, em meio à confusão, Madalira viu surgiu do meio do batalhão um grupo de combatentes do Vale, investindo no corpo a corpo e guiando os oficiais em direção a uma vala ainda camuflada.

PMs despencaram para dentro do buraco, puxando quem estivesse por perto. No momento de vacilação, os moradores investiam, tirando as armas das mãos deles.

Madalira avançou. A moça da arruda no peito cresceu, estava enorme, com os cabelos soltos em volume e a pele reluzindo de suor, entrou no combate.

Pegou o megafone nas mãos e passou adiante o recado, com a voz amplificada.

– Reforço, camaradas, a gente precisa de reforço na rua sete. Vamo pra luta, Vale do Sol.

Quando perderam a vantagem, os policiais começaram a se dispersar, fugindo pelas travessas. A situação foi controlada, mas não houve tempo para comemorar. A moça passou um celular para Talisca e gritou em meio à peleja:

– Tem uma escada nos fundos da cozinha comunitária. Você vai subir lá no telhado e passar o que você ver. Eu vou por baixo com o megafone alertando nosso pessoal.

Talisca subiu e ganhou a visão da batalha. Pegou o celular e avisou de um avançando pela Rua do Cachorro em direção às casas de alvenaria.

Madalira correu, uma faca de cozinha num punho e uma marreta no outro, o megafone pendurado no ombro. Avançava e crescia, transbordava em cheiro doce e adrenalina.

Os policiais tentavam acertá-la, mas não conseguiam. Ela com fone de ouvido, recebia a orientação Talisca.

– Agora vai pela esquerda. Tem um PM escondido na esquina da Rua do Cachorro.

Os homens da ocupação, vestidos com seus coletes e armaduras, foram pra cima dos soldados do Choque sem pestanejar. Se jogavam neles, os arrastando para as valas. Desarmados, mordiam, socavam, buscavam, no corpo a corpo, brechas nas roupas de proteção onde pudessem ferir.

Cassiano viu um homem vestido com um colete lilás surgir do nada e pular sobre um policial ao seu lado. Arrepiou desde as coxas até o meio das costas quando viu seu companheiro tendo a pele de seu pescoço rasgada por uma lasca de compensado. Sua própria mão subiu até seu pescoço, onde constatou a fresta entre o capacete e a gola do uniforme. Deu alguns passos para trás, desceu a mão sobre o coldre da arma de fogo.

Ao seu lado, João Bola gritava:

– Pelotão, retirada! Recuar! Vambora, vambora! – E agitava os braços em direção a uma rua transversal.

Assim não precisava lutar, mas tirava de combate os vacilantes. Diante da sua falsa comunicação, muitos decidiram recuar, saindo pela Rua do Cachorro, em direção a um muro da ocupação. Alguns caíram nos fossos escondidos, outros conseguiram sair.

Cassiano avançou poucos metros, até chegar a um lugar onde a vala tomava toda a passagem. Ele precisava pular ou seguir pela rua lateral. Não queria recuar. Enquanto analisava o quadro geral, deu com a imagem de Madalira buscando o megafone.

Ele mirou na moça, mas levou um empurrão e se curvou pra frente. A bala pegou no braço de Madalira. O militar se desequilibrou, caindo de joelhos. Alguém deu pauladas nos seus ombros, ele se arrastou, se levantou cambaleando e correu.

Madalira caiu sentindo a pele pegar fogo. Uma mordida colossal. O gás de pimenta fazia seu rosto arder, a falta de ar. Apertou o ferimento com a mão para estancar o sangue.

Foi acudida por Dona Beguina. Um zumbido começou a soar em seus ouvidos, cobrindo todo o som da luta ao redor. A puxaram até uma viela.

Madalira tossia, sentada. Não ia sair da luta, ninguém ia derrubá-la. A bala rasgou a carne. Latejava. Cravou as unhas na pele do braço. Uma dor para distrair de outra.

O rosto de Dona Beguina apareceu diante dela, emoldurado pelo céu da madrugada. As mãos delas apalpando seu corpo, para avaliar o estrago.

– Foi de raspão.

Mostrou o braço ensanguentado.

– O pessoal vai te levar pro brechó para cuidar desse braço. Você precisa ser forte, a gente sabia que essa hora ia chegar.

– Eu preciso lutar...

Dona Beguina a abraçou:

– Eu tô com medo e com dor, mas eu quero lutar, eu posso.

– Eu sei, filha. Tá tudo bem.

Beijou-lhe o rosto, pegou o megafone e a deixou com duas companheiras. Madalira entregou o celular e o fone de ouvido para a senhora e explicou o esquema com Talisca.

Dona Nita chegou esbaforida, tinha levado uma bala de borracha também. Mostrou para a moça o corpo intacto. O colete funcionava, afinal.

Dulcino avisou no microfone, escondido atrás do balcão da Birosca:

– O colete segura bala de borracha, companheirada! Não tenham medo. O colete segura bala de borracha! Vamo pra cima, pess...

A energia é cortada.

Há gente lutando corpo a corpo com o Choque. Bombas de gás tornam o ar irrespirável. O vidro de vinagre vai passando de mão em mão. Cada um com uma camiseta enganchada no rosto.

Quem passava mal, sem conseguir respirar – alguns desmaiaram – era acudido pela pessoa mais próxima.

O grupo levava os feridos para o Brechó do Pirata.

Cada vez mais pessoas chegavam, onde duas moradoras da ocupação, auxiliares de enfermagem de profissão, tentavam aliviar e cuidar de quem era possível.

Dona Nita observou a situação.

– Os PM tá indo pra lá da Viela da Torneira, nos barracos de lona. Tem um grupo de refém.

Madalira recebeu uma atadura feita com uma camiseta velha no braço. A enfermeira orientou a apertar o ferimento.

Não era possível suturar, então pressionariam até parar de sangrar. Selma sentou perto dela.

– Como você tá?

– Vou ficar bem.

– Que bom. Se cuida, eu vou ajudar na luta. – E olhando para Dona Nita – Chegou a hora de fazer uns estrago também.

As crianças rodearam a mãe, todos falando ao mesmo tempo, a mais nova chorando, assustada.

– É só vocês ficarem quietinho, obedecer as enfermeiras. Escuta a mãe. Vai ficar tudo bem, tá? Se comportem, se comportem...

Pegou, então, um dos coletes dos feridos e vestiu. Chamou Dona Nita:

– Eu sei o que a gente pode fazer.

Rogério via a situação, contrariado. Se esgueirava pelos cantos, não era capaz de entrar naquela batalha. Aquele pessoal era gente comum, armada de coragem e umas quinquilharias improvisadas.

E ele ali, cumprindo uma ordem pra favorecer um certo senhor que nem sabia direito quem era. Tentou só seguir a obrigação, mas não podia investir contra uma gente daquela. Estava preso entre obedecer e desertar, duas coisas vergonhosas.

Seguiu por uma rua lateral, tentando encontrar um jeito de sair. No final da rua, viu o muro externo, de compensado.

Antes de chegar lá, pisou em falso em um papelão e desabou em uma vala.

Os *molotovs* caíam na porta da ocupação. O lixo acumulado, que a prefeitura não recolheu, serviu de alimento para o fogo.

Os vizinhos do outro lado da avenida se amontoavam nas calçadas, as mulheres gritando por suas crianças.

Os policiais da cavalaria tomavam a ladeira, aguardando as ordens, mas os carros e pertences deixados no meio da rua atrapalhavam o avanço da tropa.

O povo da corrente se dispersou, alguns apareciam para jogar pedras e tijolos nos fardados, atrapalhando os oficiais de retirar os destroços do caminho.

Do lado de dentro, escondido no mato alto junto ao muro, Dulcino coordenava os arremessos. Sua tarefa era bloquear a entrada para a cavalaria não avançar. Enquanto criavam a distração, jogando as bombas na calçada, levaram pneus para a parte da frente, onde fizeram uma fogueira.

Não entrava nem saía ninguém.

Selma e Dona Nita aproveitaram as sombras para avançar. Cada uma levava um punhado de urtiga brava em mãos protegidas com luvas de borracha.

Pegaram os PMs na Rua da Torneira por trás, fustigando as plantas e se defendendo com os facões.

Dona Nita se ocupava de um PM, chutava sua arma pro lado e dava com a lâmina em seu braço, no espaço entre as proteções do uniforme. Só conseguiu vantagem na briga quando acertou com a planta no pescoço dele.

– O pescoço, pega no pescoço, não tem proteção – avisou.

Selma açoitava os policiais. Mesmo cercada, levando cacetete, continuava firme. Puxou a gola da blusa até o nariz e alternava os golpes de faca com os de urtiga. Um dos oficiais soltou a arma e tirou uma das luvas do uniforme.

– A mão, dá na mão deles, companheira.

Os movimentos de Selma eram firmes.

Eles que se cuidem, agora tô aqui pra estorvar.

A essa altura Cassiano mirava a arma de fogo em um dos lutadores do Vale, mas o som das bombas o assustou. Os estouros pipocavam em vários cantos. Correu pela rua indicada por Bola, em direção às casas de alvenaria.

Era o Pirata, liderando o alvoroço das bombas caseiras, disparadas pelos grupos, em vários cantos do Vale. Na confusão da fumaça não dava para ver de onde vinham, parecia uma saraivada de tiros para todo lado.

Dona Beguina berrava ao megafone:

– Pode soltar o fogo, companheirada, vamo botá os gambé pra correr.

Aterrorizado, Cassiano entrou na Birosca e se sentou no chão atrás do balcão. Levou alguns segundos para notar a garota.

Giovana, ao seu lado, abraçada em suas pernas, tremia inteira, a pele brilhava com o suor gelado, os cabelos da franja grudados na testa.

O PM a pegou pelo braço, conferiu se não tinha ninguém no bar e a levou para dentro da cozinha. A garota começou a gritar, Cassiano puxou um pano de prato e enfiou em sua boca. Ela mordeu os dedos dele com toda a força que pôde e cuspiu o pano longe. Ele puxou o cacetete e bateu nela várias vezes, para recuperar o controle. Deu uma espiada por cima do ombro e começou a abrir a calça.

Um latido de cachorro atrás dele o fez se virar. A lâmina serrilhada entrou em seu pescoço. Stéfany largou o cabo da faca e foi até Giovana, puxando-a pela mão e a levando dali.

Caramelo ia atrás delas, abanando o rabo, latindo sem parar.

Os desertores do Choque correram pelas laterais, uns para o lado da Birosca e outros em direção ao campinho. Os caídos e feridos ficaram sem reação. Foram desarmados, em meio a um bate-boca tenso.

Tinha gente favorável a mantê-los reféns, já outros queriam se livrar logo deles, botando todos para correr.

O Pirata tomou a frente da operação:

– Tira as armaduras deles, os capacetes, o que servir pra nós se defender no futuro.

E assim despiram os PM do Choque, deixando uma fileira deles só de cueca, com as mãos presas para trás, na Praça da Jabuticabeira.

– Mão pra cima, todo mundo – orientava o caolho.

Sob a Árvore de Jabuticaba acomodaram os corpos de todos os caídos em combate. Policiais e moradores, lado a lado. Doralice, rodo na mão, afastava os cães e gatos curiosos. E não viu o passarinho pousar sobre a cabeça de Cassiano.

Uma mãe chorava a morte de seu filho:

– Maldita hora que a gente decidiu vim pra cá, filho. E agora, o que vou fazer sem você? Maldita hora.

Ao redor dela se criou um grupo de três ou quatro pessoas, se revezando no afago, acolhendo seu desespero.

A professora Gabi trazia no colo o grande livro encapado com chita, e sobre ele um caderno, onde tomava notas sobre a batalha.

Na Tenda da Jabuticabeira, junto a João Bola, se reuniram Dona Nita, Madalira, Dulcino e Dona Beguina.

Esta última, furiosa, lembrava das guloseimas levadas àquele homem no final do seu turno de vigia.

– Seu traidor! – esbravejava.

Baqueado, sentado de cueca no chão, com as mãos amarradas para trás, Bola murmurou:

– Fazer o quê, Beguina? Eu não sou inocente...

Ela rebateu, as sobrancelhas erguidas:

– Eu sou a favor da gente dar uma boa coça nele.

– Eu acho o Bola mó firmeza, mas traição é embaçado. Nessa eu tô com Dona Beguina.

– Sei não, talvez não precise.

– Madalira, esse é o tipo de coisa que a gente precisa ser duro. Ele tava contando pros homem dos nossos planos.

– Aí vocês vão me desculpar, mas não é verdade. – Todos olham para o Bola sentado no chão – eu fazia questão de não passar os planos importantes pra eles. No começo, quando eu aceitei esse trabalho, achei que era diferente, que vocês eram tudo bandido. Aí fui mudando minha visão das coisas com a convivência. Vendo o outro lado. Tanto é que vim avisar da polícia.

– Quinze minuto antes de eles chegar.

– Vinte. Ou mais.

– Bom, se ele não tivesse vindo avisar, o Vale do Sol taria acabado, isso é verdade – disse Madalira. E enganchou uma muda de arruda na orelha de Bola:

– Eu proponho então que o João Bola seja nosso espião na polícia.

O homem aprumou as costas:

– É pegar ou largar.

A moça se levantou segurando o curativo no braço.

João Bola se juntou aos policiais debaixo da Jabuticabeira. Em fila, os feridos primeiro, seguidos pelos outros com as mãos na cabeça, foram liberados pelo portão da ocupação.

O sol nascia quando o batalhão do lado de fora do Vale viu surgirem os PMs de trás da fumaça preta dos pneus.

Madalira alertava com o megafone:

– O Vale do Sol declara sua desobediência a uma ação injusta. Há mais de quatro anos cuidamos deste lugar e fizemos dele a nossa morada. Mandamos dizer ao Senhor dos Papéis que o Vale do Sol é nosso. E viva a luta do povo!

– Viva! – responderam os outros moradores.

Os corpos dos PMs foram levados até a entrada da ocupação, onde o SAMU fez as retiradas. Os dos combatentes do Vale permaneceram na Praça da Jabuticabeira, onde o povo velava suas perdas.

Usando o megafone, Dona Nita dizia os nomes de cada lutador, a população seguia com palmas, em homenagem.

Madalira, ao lado de Talisca, Miguel agarrado a suas pernas. Respirou fundo o cheiro doce de arruda. O braço ferido doía.

Todos os noticiários do Brasil, outros do restante do mundo, mostraram a cena dos policiais saindo, as mãos para cima, com a expressão de derrota na cara.

Brotavam autoridades de ambos os lados, bradando ora contra, ora a favor daquela gente. O advogado do movimento dava entrevistas e declarações, mas nenhum repórter das grandes redes conseguiu entrar na fortaleza. Os muros foram reforçados.

Na rua da entrada do Vale, começou a se formar uma aglomeração. Gente com a roupa do corpo, outros com carros e motos, os pertences equilibrados de tudo quanto era jeito. Uma multidão crescente desejava se juntar ao Vale do Sol.

Chegavam donativos, todo tipo de coisa, desde roupas até alimentos, oferecidos por outros movimentos populares e simpatizantes. No final da tarde daquele dia havia notícias da mobilização: chegava quase ao centro da cidade, tanta gente queria entrar na luta.

Dentro dos muros se ouvia o bater de panelas e o cheiro de arruda por todo lado.

Os assentados do Vale do Sol se reuniriam para decidir sobre seu futuro.